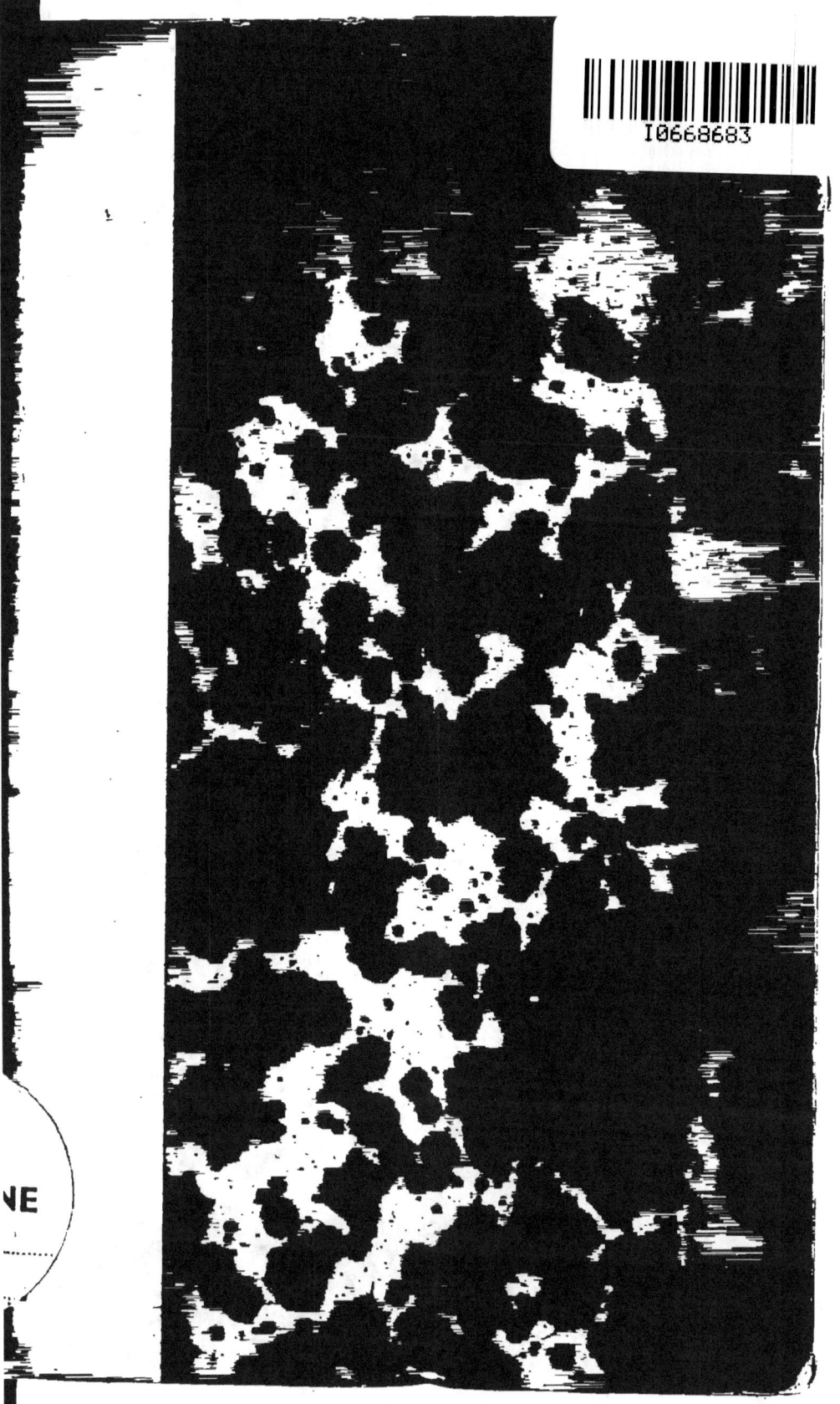

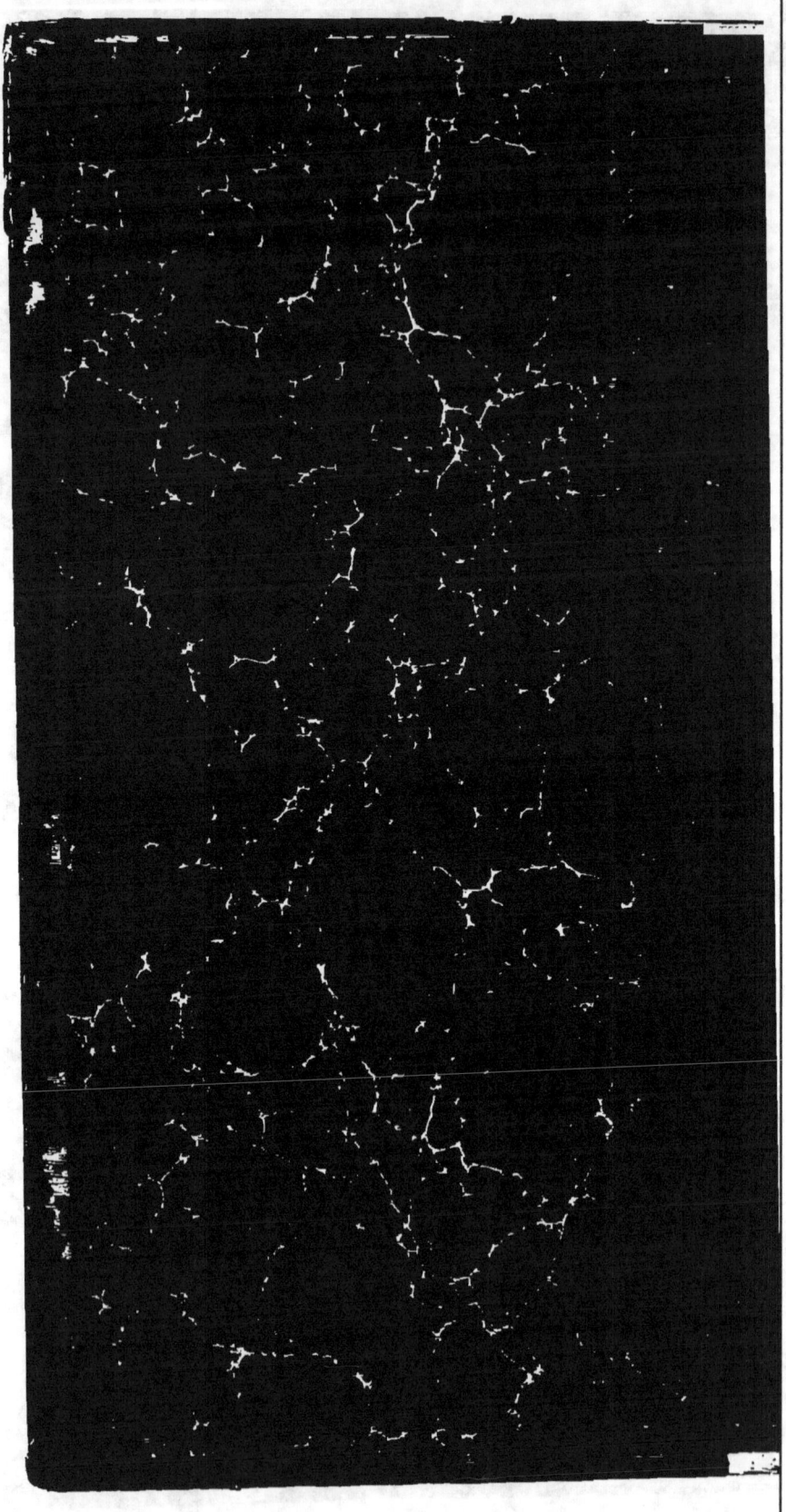

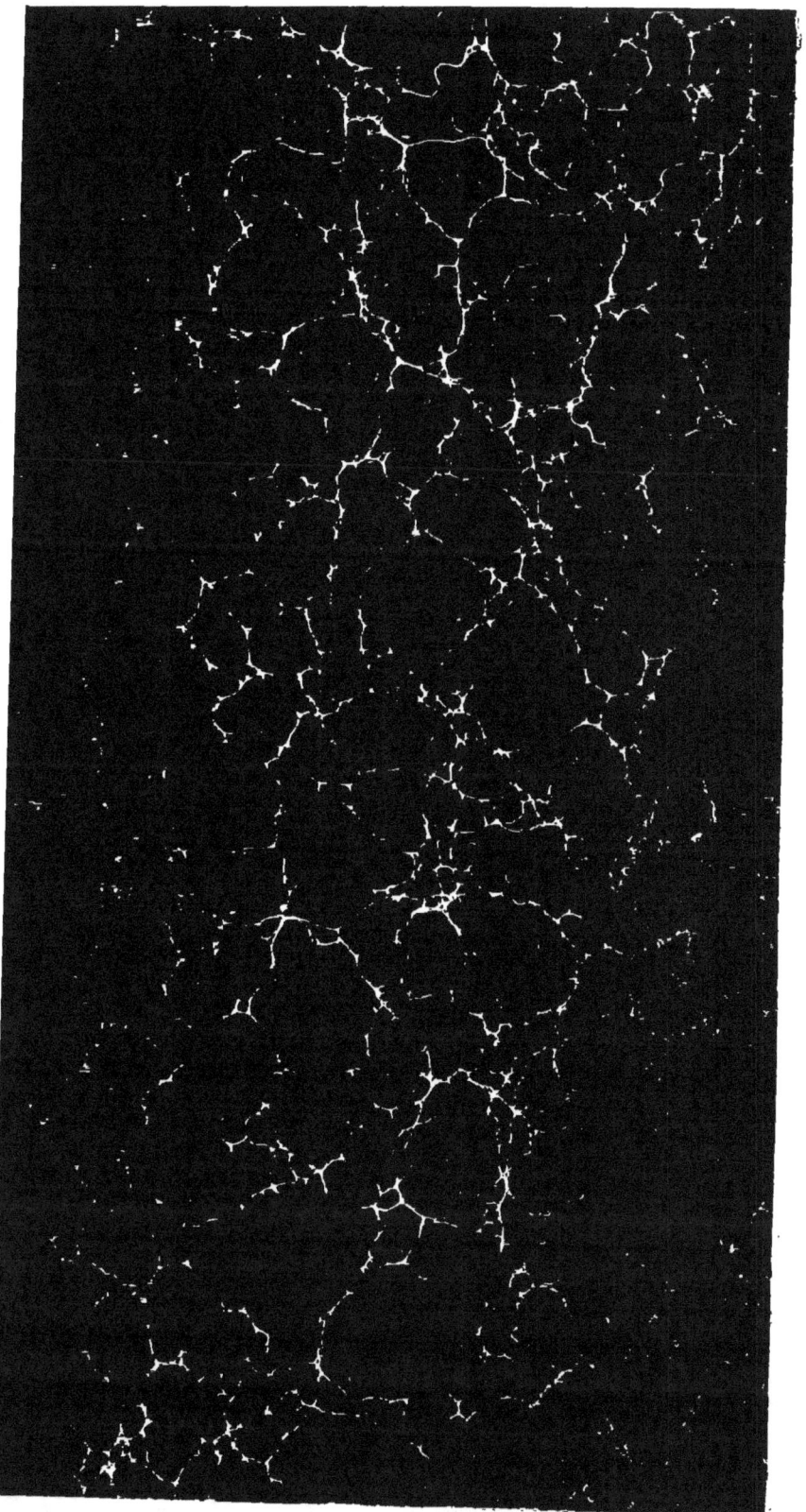

Sᵗ. GÉRAN,

ou

LA NOUVELLE LANGUE

FRANÇAISE,

ANECDOTE RÉCENTE.

L'Âne de M.ᵣ Maisonterne découvre
le Tombeau de Cucuphin .

S^T. GÉRAN,

OU LA NOUVELLE LANGUE FRANÇAISE,

ANECDOTE RÉCENTE;

SUIVIE DE

L'ITINÉRAIRE DE LUTÈCE AU MONT VALÉRIEN, *en suivant le fleuve Séquanien et revenant par le mont des Martyrs;*

PETITE PARODIE D'UN GRAND VOYAGE.

SECONDE ÉDITION.

. . . . . . *Ridiculum acri*
Fortius ac mélius magnas plerumque secat res.
HORACE, satire x, livre i.
Souvent une raison vaut mieux qu'une saillie.
Traduction de M. DARU.

A BRUXELLES,

Chez WEISSENBRUCH, imprimeur-libraire, place du Musée, n°. 1085 ;

Et à Paris, chez D. COLAS, libraire, rue du Vieux-Colombier, n°. 26.

AN 1812.

UN MOT SÉRIEUX

AU LECTEUR RAISONNABLE.

Dès qu'un ouvrage littéraire est mis en vente, il appartient à la critique. Elle a mille moyens de s'exercer : elle peut à son gré se montrer grave, sévère ou enjouée. Quelque ton qu'elle prenne, tant qu'elle ne s'adresse qu'au style et ne s'attaque point à la personne, elle use de ses droits. L'auteur critiqué peut bien n'en pas rire; mais il aurait tort de s'en fâcher, lors même qu'on le met en scène, pourvu que les ridicules qu'on lui trouve ou qu'on lui prête, ne soient que ceux de l'esprit qu'il montre, ou qu'il veut montrer. Un fort honnête homme qui s'adonne aux lettres peut ne pas être un auteur sublime; on peut avoir de l'imagination et très-mal écrire, sur-tout quand on veut écrire autrement que les autres et ne suivre aucun des modèles avoués par le goût.

Parmi les écrivains que ce petit ouvrage censure, il en est un sur-tout qui provoque d'autant mieux la critique qu'il semble prendre plaisir à corrompre la langue française. Il serait très-injuste de lui refuser toute espèce de talent; mais il est absurde de lui accorder une

admiration illimitée , de louer
comme l'honneur du siècle et
de la patrie des tirades décla-
matoires , dénuées de fond ,
(quoiqu'elles aient souvent un
but) des phrases boursouflées ,
des alliances de mots barbares ,
des détails ridicules, des images burlesques, présentées avec
une prétention , un ton d'au-
torité qui en impose aux lecteurs inattentifs , au point de
leur faire prendre des mots
pour des idées et du galima-
thias pour de l'éloquence. Si
cet auteur n'avait aucune cé-
lèbrité , aucun prôneur , il
aurait fallu laisser aux journa-
listes le soin de relever les fau-
tes de style qui déparent ses
écrits ; mais ce n'est point un

homme obscur, il a de nombreux lecteurs; les sujets qu'il a traités, les pays qu'il a parcourus, les lieux qu'il a décrits, lui ont assuré tous les succès que peut désirer un littérateur. Les éditions de ses ouvrages se sont multipliées en peu de temps, la plupart des journaux out longuement retenti des éloges donnés à ses talens, ses partisans ont manifesté plus d'engouement que ceux de Pradon dans le siècle de Racine; enfin beaucoup d'écrivains, jaloux d'obtenir des triomphes aussi faciles, se sont appliqués à l'imiter; il est bientôt devenu le chef d'une école ou plutôt d'une secte; car ses admirateurs crient au blasphéme dès qu'on ose faire remarquer ses défauts.

Sur la foi des gazettes , échos des partis, les étrangers le regardent comme un prosateur fait pour éclipser Fénélon , Bossuet et Buffon (1). Plusieurs livres destinés à l'éducation de la jeunesse le présentent comme

---

(1) Pour se convaincre de la fâcheuse influence qu'exerce sur les écrivains étrangers , *la manière* de M. C...., il suffit de lire *le Coup-d'œil sur le canton d'Elberfeld* , par M. de *Sokolnicki*, général de division (Annales des voyages , publiées par M. Malte Brun, tome XV , page 214). M. Sokolnicki est un amateur très-distingué qui a rendu des services réels aux arts , et dont le zèle digne des plus grands éloges serait encore plus utile , s'il s'exprimai simplement.

a iij

un modèle excellent qu'on doit chercher à égaler. On ne dit point aux élèves égarés par ces citations, que des hommes, d'un mérite pareil, ont employé le même style, les mêmes phrases (nous en offrirons la preuve) et pourtant n'ont obtenu aucun succès. Il n'est point de notre sujet de rechercher la cause de ces différens résultats ; tout homme sensé l'apperçoit sans peine. Il nous suffit de faire observer aux amis de la saine littérature, qu'engagés une fois dans ce sentier tortueux, les jeunes écrivains s'accoutument à ne plus parler français. On confond tous les genres, on fait un abus continuel de l'antithèse et de l'hyperbole , on joint à l'enflure du style oriental un jargon métaphysique absolument inintelligible , et tandis que, sur les trétaux des boulevards , l'équivoque grossière avilit les plus nobles expressions, un pathos plus amphigourique que le langage des *Précieuses* de Molière est admis dans les ouvrages sérieux..... Nous signalons un danger imminent pour la langue française et l'espèce de parodie que nous publions , n'a été faite que pour le prouver. Puisse-t-elle contribuer à ramener l'empire des bons modèles. Quand les sciences et les arts font des progrès si grands et si rapides, faut-il que la littérature seule dégénère ? Ne le souffrez pas, vous que votre goût pour les lettres, vous que l'estime publique acquise par vos ouvrages, ont rendus dépositaires des vrais principes et des beautés de la langue : servez votre pays en conservant, en ranimant le feu sacré du génie. Notre siècle est fécond en prodiges et pour transmettre dignement à la postérité la mémoire de tant de merveilles, il faut un style pur comme la gloire du grand homme qui les a produites.

Sᵀ. GÉRAN,

OU

LA NOUVELLE LANGUE,

FRANÇAISE;

ANECDOTE RÉCENTE.

Avant les troubles de St.-Domin-
gue, St.-Géran, l'un des plus riches
propriétaires de cette colonie, pré-
voyant que l'anarchie détruirait bientôt les possessions françaises, voulut réaliser sa fortune et vendre son
habitation. Il s'embarqua pour les
Antilles, mais avant de quitter Paris
et de se séparer de sa femme et
de ses deux enfans, dont il soignait

lui-même l'éducation , il confia son fils à son fidèle correspondant , **C.** Francheville , négociant intègre et son meilleur ami. Vous veillerez sur mon Adolphe, lui dit-il , il vous aime et vous écoutera ; ses dispositions sont heureuses , son caractère docile, daignez achever ce que j'ai commencé; il a 14 ans ; les langues grecque et latine lui sont assez familières , mais il manque encore de goût et ne connaît pas nos grands maîtres. Vous lui indiquerez , je vous prie , les bons modèles , vous l'aiderez à former son jugement et son style, car il ne suffit pas de bien penser, il faut pour réussir dans l'état auquel je le destine , raisonner juste , écrire correctement , parler avec aisance. Puis s'adressant à sa femme, tes vertus et ton esprit me sont garants que ma Virginie

sera digne de sa mère, simple, douce
et naturelle. J'espère la revoir avant
que son cœur ait connu l'empire des
passions, et ce moment, épié par la
vigilance maternelle, ne sera jamais
provoqué par la lecture de ces
romans, où la métaphysique de l'a-
mour enfante des chimères dans les
jeunes cerveaux, et les livre à tous
les écarts de l'imagination...... Tu
me le promets. Un souris, une ca-
resse de Mᵐᵉ. de St.-Géran, sont
sa réponse. Adolphe et Virginie
viennent recevoir les adieux de leur
père..... Il part.

Sept ans suffirent à peine à St.-
Géran pour terminer ce qu'il avait
entrepris, faire passer ses fonds à
Francheville et les placer en France
d'une manière solide. Les événemens politiques de la France ne

lui permirent pas de recevoir souvent des nouvelles directes de sa
famille : il en était fort inquiet et
se préparait à repasser sur le continent, lorsque la flotte française,
qui devait soumettre St.-Domingue
aux lois de la métropole, parut.
Il reconnaît parmi ceux qui débar-
quent, un neveu de Francheville,
de l'âge de son fils. Il l'embrasse,
s'empresse de le conduire chez lui,
et lui fait mille questions auxquel-
les celui-ci a peine à répondre. Un
nouvel ordre de choses, dit-il,
assure à la France une constante
prospérité, les factions sont abat-
tues, et votre famille, rentrée en
possession de tous vos biens, n'attend plus que vous pour jouir d'un
bonheur sans nuages. J'ai suivi l'armée pour venir partager vos dangers, vos travaux, et mériter près
de

de vous la main de votre aimable Virginie. St.-Géran confirme avec bonté l'espoir qu'a conçu le jeune Belval. Votre oncle, lui dit-il, est mon meilleur ami, les services importans qu'il m'a rendus sont gravés dans ma mémoire et mon cœur saura se montrer reconnaissant ; mais donnez-moi, je vous prie, des détails sur mon fils. Quels sont les goûts, les études, les plaisirs d'Adolphe ? .... Il m'a sans doute écrit ? — Je ne puis, répond Belval, vous donner sa lettre que demain, mes effets sont encore sur le vaisseau ; mais en attendant je vais vous mettre au fait des occupations de mon ami. Il est tout entier aux arts, aux sciences et aux lettres, son esprit actif embrasse mille objets à-la-fois. Il y a peu de personnes qui sachent comme lui la

B

mnémonique, la mégalantropogéné-
sie, la stentorotechnie, la pasyla-
lie, la phantasmagorie, la psyco-
logie, l'archæologie, l'idéologie,
l'uranographie, l'encyclologie, le
système de Kant et celui de Gall,
enfin il est très-fort en littérature
et en anatomie. — Pardonnez,
mon cher Belval, mais dans tous
les mots que vous venez de pro-
noncer, je ne connais que les der-
niers. Je ne suis point fâché que
mon fils ait pris quelques notions
d'anatomie, quoiqu'il ne soit pas
destiné à être médecin. Quel est le
maître qu'il a suivi ? Est-ce le célé-
bre Dubois, ou Deschamps? Est-ce
Richerand, ou Dupuytren ? — Point
du tout, c'est un homme bien plus
fameux, le docteur S......, qui
considère les êtres vivans depuis
l'homme jusqu'à la plante, qui dé-

montre la *solidité* des humeurs, le mouvement de *station* et tant d'autres jolies choses. Toutes les femmes aimables suivent son cours, sur-tout quand il décrit les organes et les mystères de la génération. D'ailleurs pour rendre la science plus agréable, il entremêle de musique ses graves démonstrations, et sur sa table, le squelette d'un amour tient une romance que chante notre moderne Orphée, pour faire oublier aux dames le diaphragme, le pancréas et l'épiploon. — Que me dites-vous, mon cher Belval ! Tout ceci n'est qu'une ridicule jonglerie, pour masquer la plus crasse ignorance. Du moins mon fils a, je l'espère, mieux choisi ses maîtres en littérature ? De mon temps pour se former le goût, on suivait le théâtre français, on assistait aux

séances académiques, on lisait Fénélon, Bossuet, Montesquieu, Voltaire, Rousseau. — Vieille éloquence, dont Adolphe a bien su
se passer ! Votre fils a plus de dis-
cernement : au lieu d'aller bâiller
au *Tartuffe*, ou se morfondre à
Cinna, il ne prend que la quin-
tessence du talent. Le matin il lit
le Feuilleton, et le soir il goûte les
délices du plus nouveau mélodrame. — Je ne vous comprends pas,
expliquez-moi, je vous prie..... —
Cela nous menerait trop loin,
l'heure m'oblige de retourner à
mon poste ; demain, en vous ap_
portant la lettre d'Adolphe, j'aurai
l'honneur de répondre à toutes vos
questions.

St.-Géran croit avoir rêvé ; tout
ce que lui a dit Belval est une

énigme pour lui. Il ne peut douter de la sincérité de ce jeune homme, et il craint qu'en effet le goût ne soit fort altéré en France. Le lendemain un nègre vient de la part de Belval lui annoncer qu'il ne peut se rendre près de lui, et lui remet les lettres de France à son adresse. St.-Géran brûle de lire celle de son fils, de juger son esprit par son talent épistolaire. Il ouvre enfin cette lettre chérie.

Mon tendre père,

Nous avons appris avec une vive douleur les malheurs dont tu as pensé devenir la victime. Il y a des larmes au fond de ton histoire. (1).

(1) *Génie du Christianisme*, tome 6, page 198.

Mais nous avons invoqué le grand esprit, et nous nous sommes résignés. Le cœur de l'homme est comme l'éponge du fleuve qui, tantôt boit une onde pure dans les temps de sérénité, tantôt s'enfle d'une eau bourbeuse. L'éponge a-t-elle le droit de dire, je croyais qu'il n'y aurait jamais eu d'orages, et que le soleil n'aurait jamais été brûlant (1) ? Là, réponds-moi ; l'éponge peut-elle dire cela ? Ne sommes-nous pas suspendus dans le présent, entre le passé et l'avenir, comme sur un rocher entre deux gouffres, (2), et l'homme est-il autre chose qu'un songe douloureux ? Il n'existe que par le malheur, il ne devient quelque chose que par la tristesse de son

_____

(1) *Génie du Christ.*, pag. 112.

(2) *Idem*, tom. 9, pag. 159.

ame , et l'éternelle mélancolie de sa
pensée (1). Depuis que tu m'as
quitté , je n'aime que les ouvrages
qui me parlent de l'Amérique , et
mon plus grand désir est d'y voya-
ger avec toi. Je monterais volon-
tiers sur cet esprit des eaux , qui
voilé de ses ailes , sillonne le noir
Océan (2) ; je voudrais te suivre
sur les bords illustres du Méchassébé ; j'entendrais le grand fleuve
élever sa grande voix en passant
sous les monts , et répandant ses
eaux débordées autour des colonna-
des des forêts (3). Tandis que le
courant du milieu entraînerait vers
la mer les cadavres des pins et des
chênes , je verrais sur les deux cou-

(1) *Génie du Christianisme.*
(2) *Idem*, tom. 6 , pag. 31.
(3) *Idem*, pag. 49.

rans latéraux, remonter le long des rivages des îles flottantes de pistia et de nénuphar, dont les roses jaunes s'élèvent comme de petits pavillons. Des serpens verds, des hérons bleus, des flammans roses, de jeunes crocodiles s'embarqueraient passagers sur ces vaisseaux de fleurs, et la colonie, déployant au vent ses voiles d'or, aborderait endormie dans quelque anse retirée du fleuve (1); tandis que notre œil observateur perçant dans les longues avenues de la forêt, appercevrait les ours enivrés de raisins, chancelans sur les branches des ormeaux (2). N'es-tu pas, comme moi, séduit par ce tableau ravissant ? N'aimes-tu pas à voir les

***

(1) *Génie du Christ.*, pag. 5o.
(2) *Idem*, tom. 6, pag. 52.

ondes , répéter la dentelure des bois
et des rochers qui s'enchaînent sur
leurs rives (1) ? O mon père , que
tu es heureux ! Tu vis près de l'Indien qui montre dans toute sa laideur, l'homme primitif dégradé par
sa chûte, et tu sens que rien ne
prouve davantage la dégénération de
la nature humaine, que la petitesse
du sauvage dans la grandeur du
désert (2). Mais moi forcé de vivre
dans une grande ville, je suis étranger à toutes ces douceurs. Pour me
faire illusion , je dirige quelquefois
ma promenade vers la forêt de Sé-
nars ; j'y cherche ces époux de la
solitude , ces enfans du torrent et
du rocher, dont l'antique vêtement
retrace à la mémoire d'autres mœurs

(1) *Génie du Christ.*, tom. 9 , pag. 44.
(2) *Idem*, tom. 8 , pag. 44.

et d'autres siècles (1). Le silence
règne dans leur asyle. Un seul l'ha-
bite encore; les rides de son front
montrent les belles cicatrices des
passions guéries par la vertu (2).
Son nez aquilin, sa longue barbe
ont quelque chose de sublime dans
leur quiétude, et comme d'aspirant
à la tombe, par leur direction naturelle vers la terre (3). Il me conduit quelquefois dans les endroits
les plus sauvages de la forêt, et là
il me dit : mon fils, étudiez la
nature, et n'étudiez qu'elle; car la
science au plus haut degré est l'ignorance, et les arts parfaits sont la
nature (4). L'homme n'est qu'un

---

(1) *Génie du Christ.*, tom. 7, pag. 48.
(2) *Idem*, tom. 6, pag. 126.
(3) *Idem*, tom. 9, pag. 42.
(4) *Idem*, tom. 6, pag. 3.

édifice tombé, un débris du péché et de la mort. (1). Pour me distraire de cette affligeante vérité , il me mène auprès de quelque ruine, et nous admirons. Les ruines naturelles n'ont rien de désagréable , parce que la nature travaille auprès des ans, (2), et que les mousses emballent d'inégales décombres dans leur bourre élastique. (3) Nous restons souvent en contemplation , jusqu'à ce que la lune répande dans le bois ce grand secret de mélancolie , qu'elle aime à raconter aux vieux chênes (4).

Combien je porte envie à Belval ,

---

(1) *Génie du Christ.* , tom. 6, pag. 23.

(2) *Idem* , tom. 6 , pag. 19.

(3) *Idem* , tom. 6, pag. 30,

(4) *Idem* , tom. 6, pag. 185.

il va te voir, peut-être te défendre.
Puisse - t - il, mon père, te rendre
bientôt à nos vœux, et te ramener en France, puisqu'il ne m'est
pas permis de voler vers toi!

Je t'embrasse avec la plus vive
tendresse.

Ton fils ADOLPHE.

St.-Géran ne pouvait concevoir
comment on écrivait un pareil ga-
limathias : il lui répugnait de penser que son fils avait eu l'intention
de l'insulter ; cependant il n'osait
pas accuser son ami Francheville,
d'avoir assez négligé Adolphe, pour
lui laisser prendre un style aussi
ridicule. Aurait-on voulu me cacher, se disait-il à lui-même, que
la tête de mon fils est aliénée ?
Avant de m'arrêter à aucune idée,
interrogeons,

interrrogeons, observons le jeune
Belval. Il me parlait hier un langage très-singulier, peut-être en le
questionnant davantage...... comme
il faisait cette réflexion, Belval en-
tra chez lui. Eh bien ! mon jeune
ami, lui dit Saint-Géran, m'appren-
drez-vous aujourd'hui ce qu'est un
Feuilleton ? Très-volontiers, monsieur : un Feuilleton, ou pour mieux
dire, le Feuilleton par excellence,
est un chef-d'œuvre de goût et d'ur-
banité, un modèle de critique littéraire, un oracle de l'esprit. En
voici quelques-uns que je vous ai
apportés, daignez y jetter les yeux,
et jugez vous-même. St.-Géran les
parcourt et toujours plus surpris.—
Quoi ! Belval, vous m'avez dit que
le vandalisme avait cessé de peser
sur ma patrie, et l'on y paie encore de pareils écrits. Si vous ne

C

m'avez pas trompé, la révolution
a donc perverti tous les cœurs,
puisque l'on accorde quelque crédit
à un libelle périodique, où les hommes qui ont illustré, ou qui hono-
rent la France, sont journellement
insultés, diffamés, avilis. — Permettez-moi de vous dire, monsieur,
reprit Belval, que vous exagérez.
Cet écrivain que vous blâmez, a
probablement plus d'esprit que Corneille, Racine, Molière et Voltaire,
puisqu'il nous prouve clair comme
le jour, que ce que nous admirions
dans ces poëtes ne vaut pas la
peine de l'être. Par exemple, on
applaudit toujours dans *Iphigénie*
ces vers :

« Heureux qui, satisfait de son humble fortune,

» Libre du joug superbe où je suis attaché,

» Vit dans l'état obscur où les dieux l'ont caché.

Eh bien ! il y a presqu'autant de autes que de mots. Tenez : *heureux ui satisfait,* n'est-ce pas un lourd iléonasme, et n'est-il pas reconnu ju'un homme qui est heureux est atisfait, et qu'un homme satisfait est heureux, par conséquent redon- iance ? *De son humble fortune.* Que cette épithète est mal choisie ! Ja- mais humble n'a voulu dire médio- cre. *Libre du joug superbe.* Si ce oug lui déplaît, pourquoi en fait-il l'éloge ? Il doit plutôt dire : du joug pesant, odieux, etc. *où je suis at- taché,* expression louche. Dirait-on, en parlant de quelqu'un qu'on aime- rait beaucoup, c'est l'homme *où* je suis attaché ? On dirait *auquel... Vit dans l'état obscur où les dieux l'ont caché.* Quand on a un état, et qu'on l'exerce, on ne peut rester caché ; ainsi l'idée est fausse.

Voilà, monsieur, comme le Feuilleton nous apprend à juger. — Je
conçois, dit St.-Géran, qui se con-
tenait à peine, qu'avec cette mé-
thode et cette bonne-foi, vous de-
vez trouver peu de beautés dans
Racine et dans Corneille. — Aussi
fait-on maintenant peu de pièces
dans leur genre, mais on nous
donne souvent des mélodrames. —
Oui, je me le rappelle. Eh bien!
un mélodrame.... — Est le *nec plus
ultra* de l'art dramatique ; c'est tout-
à-la-fois une tragédie, une comé-
die, un opéra, une pantomime,
un ballet et même une parodie. Il
y a des héros, des villageois, des
bouffons, des princes, des spec-
tres, des combats, des forêts, de
la prose, des vers et de la musique : c'est le tableau varié de la
vie agitée par tous les événemens

imaginables. — Je conçois, dit St.-
Géran, ce genre de spectacle : nos
aïeux l'ont connu dans l'enfance de
l'art ; mais lorsqu'Adolphe voulait
une instruction plus sérieuse, où
allait-il ? — Nous allions ensemble
à l'Athénée des étrangers. C'est-là
que le professeur de pasigraphie,
M. de M....., nous développait le
mécanisme de la langue, et nous
parlant des *adjectifs*, les considé-
rait comme un rayon de qualités,
les faisait passer à travers le prisme
de l'esprit, les divisait en sept filets
et les broyait sur la palette de l'imagination : il en sortait une infinité
de nuances dont il composait tous
les ornemens des substantifs. —
Dieu me pardonne, s'écria St.-Gé-
ran ! Voilà le langage des *Précieuses* de Molière. — Cela peut paraî-

tre tel au premier coup-d'œil , mais
cela n'en est pas moins profond
pour être agréablement exprimé.
L'idéologie est bien plus abstraite.
Tenez , je me rappelle fort à propos
la leçon d'un autre professeur plus
célèbre encore , parce que les sourds
l'entendent et que les muets parlent de lui. Il nous disait à-peu-
près : supposez que les idées soient
rondes comme la terre , il faut les
diviser en deux hémisphères. Dans
l'un vous mettrez le sujet , et dans
l'autre l'attribut. Imaginez autour du
sujet l'atmosphère des personnalités ,
et autour de l'attribut celle des circonstances. Un triangle radieux comme le Jehova domine ces deux hémisphères et représente l'élévation
du génie répandant la lumière. En
traversant ces deux hémisphères ,
ces rayons éprouvent une réfraction

et arrivent aux différentes localités
des points idéologiques.

Rien n'est plus simple que ce systême. — J'admire, mon cher Belval,
votre prodigieuse mémoire. Comment pouvez-vous loger dans votre
tête tant de choses incohérentes ?
— Rien n'est plus facile, grace à
la mnémonique, et, si vous le dé-
sirez, en une heure je puis vous
mettre au fait. — Bien obligé, je
me souviens sans effort des choses
utiles, et cela me suffit.

Il était temps que cet entretien
finit. St.-Géran commençait à prendre une opinion très-défavorable de
l'esprit et des qualités de Belval.
Cependant le bien que lui en avait
écrit Francheville et la conduite
noble et courageuse qu'il tenait à

l'armée , détruisirent bientôt ces pré-
ventions fâcheuses.

Un jour St. - Géran confiait ses
inquiétudes à ce ministre sage ; auquel la France avait remis le soin
d'organiser la colonie, et qui eût
réparé bien des maux, si la mort
ne l'eût frappé quand il commençait ses utiles réformes. Tout ce
que vous a raconté Belval est vrai,
lui dit le vertueux B...., une secte
ennemie de toute idée libérale,
corrompt en France et la langue et
le goût , calomnie sans cesse la philosophie , et met à la mode un jargon barbare, à la faveur duquel les
plus absurdes paradoxes prennent
le masque de la raison. C'est le
dernier mal que nous fera la révolution. Il n'est pas étonnant que
lorsqu'un bourbier fangeux a été

long-temps agité , il s'élève encore
de son sein des miasmes infects, et
de ces insectes qui ne vivent que
dans un air corrompu , dévorent les
cadavres et s'attachent quelquefois
aux vivans. Leurs couleurs brillan-
tes chatoïent et séduisent ; mais si
l'on y touche , on est à l'instant
percé d'un aiguillon brûlant , ou
sali par une tache livide. Le soleil
et les fleurs , en purifiant l'atmosphère, dissipent leurs essaims mal-
faisans. Ne craignez donc pas l'influence des *obscurans* , leur gloire
est éphémère, et le génie qui veille
sur la France , saura , quand il en
sera temps , venger la littérature et
la morale. — N'importe , dit St.-Gé-
ran , mon retour sur le continent
est plus que jamais nécessaire , et
je saisirai la première occasion de
m'embarquer. Elle ne tarda pas à

se présenter ; la révolte générale
des noirs, soutenus par l'Angle-
terre, l'épidémie qui ravageait l'armée et moissonna son général, tout
fit une loi de terminer l'expédition.
Ce qui restait de la flotte mit à la
voile, et St.-Géran revint à Mar-
seille, sur le même vaisseau que
Belval, dans lequel il reconnut,
pendant la traversée, beaucoup plus
de qualités que de ridicules. Un
aviso avait appris en France le retour des débris de l'armée de St.-
Domingue, et les deux voyageurs,
six jours après leur arrivée, reçu-
rent des lettres de Paris. Virginie
avait écrit à son père ; ce fut la
première épître que lut St.-Géran.
La voici :

Mon digne et vertueux père,

Quelle joie pour votre heureuse

famille ! Vous êtes en France ; elle va bientôt vous revoir ! Hier je regardais le ciel, j'ai senti le beau temps, et je porte la vie légèrement (1) : car le ciel a une véritable physionomie, tantôt paternelle, tantôt irritée (2) ; mais hier il n'avait que des traits de bonté ; il m'annonçait votre retour. Avant cette heureuse nouvelle, nous menions la vie la plus triste ; nous avions beau contempler la nature, son aspect qui enseigne la résignation, ne peut rien sur l'incertitude (3), et nous nous disions, ma mère et moi, le désert est inexorable ; la goutte d'eau, comme la rivière, sont taries, et le bonheur d'un jour est

---

(1) *Corinne*, tom. 1er., p. 144.
(2) *Idem*, tom. 2, p. 195.
(3) *Idem*, tom. 2, pag. 4.

aussi difficile que la destinée de la
vie entière (1). Nous l'avons enfin
obtenu ce jour de félicité ; vous
êtes sous ce beau ciel de Provence !
Comme l'aspect de ce climat fertile,
de cette riche partie des Trouba-
dours, doit plaire à votre ame ! La
nature, dans les pays chauds met
en relation avec les objets exté-
rieurs, et les sensations s'y répan-
dent doucement au dehors (2). Vous
pensez à nous, j'en suis sûre ; et
vous cherchez à deviner le caractère de vos enfans. Je vais essayer
de vous le faire connaître avec im-
partialité.

Adolphe est bon, sensible, généreux, mais il est ardent, impé-

_____

(1) *Corinne*, tome. 3 , pag. 295.
(2) *Idem*, tom. 2 , pag. 191.

tueux ;

tueux , enthousiaste. Dans la première jeunesse on se jette en avant
de la vie , et l'on a je ne sais quelle
fièvre dans les idées , qui ne nous
permet pas de conformer notre conduite à nos raisonnemens (1). Cependant quoiqu'il paraisse léger , il
s'écarte rarement de la ligne que
trace la raison. Je ne suis pas éloi-
gnée d'approuver sa manière de traiter la vie. La légèreté spirituelle en
impose à l'esprit méditatif, et celui
qui se dit heureux , semble plus sage
que celui qui souffre (2). Il est mille
manières de bien vivre , et je me
dis souvent, pourquoi chercher à
réformer les autres ? Nul ne peut
sortir de la région intellectuelle qui
lui a été assignée , et les qualités

---

(1) *Corinne* , tome 2 , pag. 382.
(2) *Idem* , tome 1.er , pag. 24.

D

sont plus indomptables que les défauts (1).

Quoique fort instruit , Adolphe
est modeste et sera un homme très-
estimable , un ami très-solide. Il n'y
a que la vanité qui rende frivole ;
l'indolence peut mettre quelques in-
tervalles de sommeil ou d'oubli dans
la vie ; mais elle n'use , ni ne flé-
trit le cœur , et malheureusement
pour nous , on peut sortir de cet
état par des passions plus profon-
des et plus terribles que celles des
ames habituellement actives (2). En
vous donnant ici mon opinion sur
mon frère , je le juge peut-être tout
différemment qu'il ne se juge lui-
même , car chacun conçoit sa vie
intérieurement toute autre qu'elle ne,

---

(1) *Corinne* , tom. 1er. , pag. 22.
(2) *Idem* , tom. 1er. , pag. 173.

paraît. Les ames capables de réflexion se plongent sans cesse dans
l'abîme d'elles-mêmes, et n'en trou-
vent jamais la fin (1). Aussi je
suis tenté quelquefois d'adopter le
systême d'une dame de beaucoup
d'esprit, qui disait dernièrement à
ma mère : Dans tout ce qui s'appelle la science diplomatique de la
vie privée comme de la vie publique, on réussit encore plus souvent
par les qualités qu'on n'a pas, que
par celles qu'on possède. Absence
d'enthousiasme, absence d'opinion,
absence de sensibilité, un peu d'esprit avec ce trésor négatif, et la vie
sociale, c'est-à-dire, la fortune et le
rang, s'acquièrent ou se maintien-
nent assez bien (2).

_____

(1) *Corinne*, tom. 3, pag. 54.
(2) *Idem*, tom. 1er., pag. 134.

Pour moi , mon pére, je cherche par les arts , à échapper à ces réflexions souvent embarrassantes. Je cultive le dessein, et vais souvent admirer les chefs-d'œuvre conquis sur la Grèce et l'Italie. Je préfère les peintres aux sculpteurs : je trouve que la sculpture ne saurait présenter aux regards qu'une existence énergique et simple , tandis que la peinture indique les mystères du recueillement et de la résignation , et fait parler l'ame immortelle à travers de passagères couleurs. (1). Cependant j'éprouve un certain charme à voir des monumens d'architecture. Le Panthéon sur-tout me charme par sa noblesse. C'est comme une musique fixée qui vous attend pour vous faire du bien, quand vous en

(1) *Corinne* , tom. 2 , pag. 47.

approchez (1). Son élévation colos-
sale m'émeut et m'en impose. J'ai
remarqué que tout ce qui est au-
delà d'une certaine proportion, cause
à la créature bornée une invincible
effroi. Ce que nous connaissons est
aussi inexplicable que l'inconnu ;
mais nous , nous avons pratiqué
notre obscurité habituelle , tandis
que de nouveaux mystères nous
épouvantent et mettent le trouble
dans nos facultés (2). L'impression
que fait sur nous le beau idéal
était , depuis un an , le fréquent
sujet de nos entretiens ; ma mère
et mon frère y admirent M. de Belval. Je ne tardai pas à remarquer
la justesse de ses observations. Elles
étaient sensées , quoiqu'un peu froi-

(1) *Corinne* , tom. 1er. , pag. 168.
(2) *Idem* , tom. 1er. pag. 171.

des. Sa conversation ne venait ni du dehors, ni du dedans; elle passait entre la réflexion et l'imagination (1) : mais pourquoi l'en blâmer, disais-je, l'imagination est modeste et retirée comme le cœur; les émotions qu'on lui commande sont moins puissantes que celles qui naissent d'elles-mêmes (2). Le ton réservé de Belval me plaisait. Là où l'existence est extérieure, me disais-je, il peut y avoir des mystères dans les circonstances, comme il y a des secrets dans les sentimens (3). Un pressentiment me disait que Belval m'aimait, et quoiqu'il parut timide envers la destinée (4), je prévoyais

(1) *Corinne*, tom. 1er., pag. 21.

(2) *Idem*, tom. 2, pag. 165.

(3) *Idem*, tom. 1er., pag. 133.

(4) *Idem*, tom. 1er., pag. 3.

le moment où il cesserait de l'être
avec moi. Je le voyais tous les jours,
je devinais tous les jours les progrès que je faisais dans son ame ,
et cependant nul aveu n'échappait
de sa bouche. Ah ! mon père, que
cette situation est délicieuse ! Avant
que le souvenir entre en partage
avec l'espérance , avant que les paroles aient exprimé les sentimens,
avant que l'éloquence ait su peindre
ce que l'on éprouve , il y a dans
ces premiers instans, je ne sais quel
vague , je ne sais quel mystère d'imagination plus passager que le bonheur même , mais plus céleste encore que lui (1)......

St.-Géran ne put en lire davantage. C'en est donc fait, dit-il, ma

---

(1) *Corinne*, tom. 1er. , pag. 118.

Virginie si naïve et si pure est de-
venue pédante et maniérée , mon
fils extravagant et original. Malheureux père ? Comment remédier à
tant de maux ? Hâtons-nous au moins
de rejoindre ces intéressans mala-
des. Peut - être est-il encore temps
de les sauver ? Il dit , fait appeller
Belval , et ordonne tout pour leur
départ. St.-Géran était trop affecté
pour s'occuper d'autre chose que
des travers de ses enfans ; sa douleur était si sincère que Belval en
fut ému.

Il commença à croire qu'elle était
fondée : ils reprirent l'entretien sur
le mérite des hommes qui sont l'objet de la satyre des obscurans ; ils
examinèrent le prétendu talent des
coryphées du Feuilleton. Peu-à-peu
Belval reconnut son erreur , et il

était tout-à-fait converti quand ils arrivèrent à Lyon. Boileau avait bien raison , dit Belval , quand il fit ce vers :

Un sot trouve toujours un plus sot qui l'admire.

Voilà ce qui fait la vogue des charlatans , et j'en ai été dupe comme un autre ; mais combien l'épidémie de la sottise est rapide dans sa course ! Croiriez-vous que la moitié de la France est aussi bête que je l'étais ? Cela n'est pas étonnant , le Feuilleton a 20 mille abonnés et 200 mille lecteurs : c'est une puissance comme la grêle.

Avant de quitter Lyon , Belval demande la permission d'embrasser un de ses oncles. C'est un bon curé , dit-il , un ancien chanoine , et savant théologien qui sera charmé de vous voir. St.-Géran le suivit au presbytère, quoique fort pressé de continuer sa route. — Veuillez attendre un moment, leur dit une jeune servante, en les introduisant dans une salle boisée ; M. le curé est occupé à interroger un ecclésiastique qui se prépare à recevoir les ordres, il m'a défendu de l'interrompre ; mais la conférence ne peut être longue, et dès quelle sera terminée, je vous annoncerai.

Elle se retire, et les voyageurs s'asseyent. La pièce où était le curé, n'était séparée de cette salle que par une légère cloison, et en prêtant un peu l'oreille, ils entendirent très-distinctement ce qui suit :

LE CURÉ.

Monsieur, qu'est-ce que Dieu ?

L'ABBÉ.

C'est le célibataire des mondes ; le grand esprit , le vieillard des foudres , le grand secret de la nature.

LE CURÉ.

Qu'est-ce que Jésus-Christ ?

L'ABBÉ.

C'est le dieu des petits et des misérables.

LE CURÉ.

Qu'entendez-vous par la Trinité ?

L'ABBÉ.

C'est l'archétype , la divine charpente de l'univers. Le nombre trois est le terme par excellence *il est sans mère.* La Trinité est ce ré-

doutable triangle de feu imprimé
dans la nue obscure ; le Père est
un vieillard , ancêtre majestueux des
temps , ou une effusion de lumière ;
le Fils est un verbe visible , une
langue de feu qui parle tous les dia-
lectes de la terre ; le St.-Esprit est
une colombe aux ailes de paix : de
sorte que la Trinité renferme tous
les secrets de l'ordre métaphysique,
et anéantit nos sens sous sa gloire.

LE CURÉ.

Reposez-vous et répondez. Quelle
différence mettez - vous entre les
mystères des païens et des chrétiens ?

L'ABBÉ.

Ceux des païens sont des obscu-
rités fragiles , et ceux des chrétiens
sont des profondeurs immuables.
Comprenez-vous ?

LE

LE CURÉ.

Oui : certainement rien n'est plus clair. Mais que dites-vous du mystère ?

L'ABBÉ.

Qu'il n'est rien de beau, de doux, de grand dans la vie que les choses mystérieuses.

LE CURÉ.

Et des cœurs qui s'aiment ?

L'ABBÉ.

Qu'ils ne sont que comme entr'ouverts.

LE CURÉ.

Et de l'innocence ?

E

L'ABBÉ.

Que c'est le plus inéffable des mystères.

LE CURÉ.

Que sont les vierges !

L'ABBÉ.

Ce sont des fleurs mystérieuses qu'on trouve dans les lieux solitaires (1).

LE CURÉ.

Très-bien : et les femmes ?

L'ABBÉ.

Ce sont les graces du jour, et la nuit les aime comme la rosée (2).

---

(1) *Gén. du Christ.*, tom. 6, p. 65,
(2) *Idem*, tom. 9, p. 36.

LE CURÉ.

A merveille : maintenant comme définissez-vous la religion ?

L'ABBÉ.

C'est la richesse de la misère et l'avenir des mourans (1).

LE CURÉ.

Qu'est-ce que la prière ?

L'ABBÉ.

Une communication secrette avec la divinité, qui semble placer en nous-même l'être qui se confie et la voix qui lui répond : elle fait deux amies d'une seule ame (2).

---

(1) *Corinne*, tom. 2 , p. 38.
(2) *Idem* , tom. 3 , p. 406.

E 2

LE CURÉ.

Qu'est-ce que l'homme ?

L'ABBÉ.

C'est un étrange mystère qui a beaucoup de penchant pour les mystères. Sa naissance et sa mort sont deux fantômes voilés, dont l'un produit ce que l'autre mange.

LE CURÉ.

Comment a-t-on égaré le monde sur le christianisme ?

L'ABBÉ.

En lui prouvant que le christianisme est un culte né du sein de la barbarie, absurde dans ses dogmes, ridicule dans ses cérémonies, ennemi des arts, des lettres, de la raison et de la beauté : un culte qui n'a fait que verser du sang, enchaîner les hommes et retarder le bonheur et les lumières du genre humain. Il fallait prouver le contraire, ce qu'on a fait.

LE CURÉ.

Qui a donc opéré ce bien ? Est-ce l'encyclopédie ?

L'ABBÉ.

L'encyclopédie est la Babel des sciences et de la raison.

LE CURÉ.

Nommez cet ouvrage bienfaiteur.

L'ABBÉ.

C'est le grand œuvre, *le Génie du Christianisme,* par François-Auguste Châteaubriand.

E 3

LE CURÉ.

Comment cet auteur est-il devenu si chrétien ?

L'ABBÉ.

Il n'a point cédé à de grandes lumières surnaturelles ; la mort a servi d'interprète à la mort ; il a entendu cette langue morte, il a pleuré et il a cru.

LE CURÉ.

Il a pleuré ! Quelles sont selon lui les vraies larmes ?

L'ABBÉ.

Celles de Priam et de Joseph, les seules qui doivent mouiller les cordes de la lyre pour lui donner plus de son.

LE CURÉ.

Comment définit-il les muses ?

L'ABBÉ.

Des femmes célestes qui ne font
point de grimaces.

LE CURÉ.

Qu'est-ce qu'Atala ?

L'ABBÉ.

C'est l'épopée de l'homme de la
nature, une épisode de Natchez,
une histoire qui ne ressemble à aucune autre, qui ne renferme pas
d'aventures ; c'est la peinture de deux
amans qui marchent et causent dans
la solitude et dans le tableau des
troubles de l'amour, au milieu du
calme des déserts.

LE CURÉ.

Dans quel pays a été écrite cette
histoire, qui n'en est pas une ?

L'ABBÉ.

Sous les huttes des sauvages.

LE CURÉ.

Quel est le nom de l'amant d'Atala ?

L'ABBÉ.

Il se nomme Chactas, mot iro-
quois, qui signifie *la coupe du plaisir.*

LE CURÉ.

Etait-il sauvage ou Européen ?

L'ABBÉ.

Oui et non ; c'est-à-dire, moitié
l'un, moitié l'autre. Aussi, quand il
veut parler français, nous croyons
qu'il est Iroquois, et quand il parle
indien, il faut interroger l'auteur,
qui nous répond : C'est un style

mêlé, qui marche entre la société et la nature.

LE CURÉ.

Qu'est-ce qu'un missionnaire ?

L'ABBÉ.

C'est un simple prêtre, qui parle sans rougir de la chair corrompue. C'est le prêtre tel qu'il est.

Belval ne peut s'empêcher de rire de cette scène burlesque. Mais St.-Géran se lève et l'entraîne, en lui disant : Vous ne verrez pas votre oncle, et vous n'y perdrez pas. . . . Quoi! s'écria-t-il ensuite avec indignation, les ministres d'une religion si belle dans sa simplicité, ne peuvent se contenter du langage sublime de l'Evangile, ils y joignent encore l'argot des illuminés. Vous

pouvez rire, jeune homme, parce
que cela ne vous paraît que ridicule ;
mais apprenez que c'est avec ces
phrases mystiques que la superstition
aiguise les poignards du fanatisme
et prépare les bûchers de l'intolé-
rance. On commence par des dis-
putes de mots, et l'on finit par des
assassinats. Henri III, Henri IV et
l'empereur du même nom, tombèrent
victimes de ces sectaires. Laissez
acquérir à ces hommes de la puissance, et bientôt ils proscriront les
malheureux qui, dans la franchise
de leur cœur, déclareront ne pouvoir les comprendre.

Les voyageurs arrivent enfin à
Paris. St.-Géran craint d'aborder ses
enfans, et tandis que Belval va leur
annoncer que leur père est dans la
même ville, il se rend chez son cor-

espondant.—Que dois-je penser, lui
lit-il, des soins que vous vous êtes
lonnés? Je sais que vous avez con-
iervé, défendu ma fortune, et je
rends hommage à votre zèle, à votre
amitié; mais croyez-vous, Francheville, que mes enfans m'étaient
moins chers que mes propriétés?
Voyez, lisez ces deux lettres, qui
me jettent dans la plus cruelle incertitude, et dissipez mes craintes si
vous pouvez. Francheville lit atten-
tivement la lettre d'Adolphe et celle
de Virginie. Je reconnais, dit-il à
St.-Géran, que vos enfans ont eu le
tort léger de trouver beau ce que la
mode a préconisé quelque temps; ils
ont copié quelques phrases ridicules
dans les auteurs en vogue; mais ils
sont, Dieu merci, incapables d'en
composer de pareilles. Les gens de
goût ont fait justice de ce style

énigmatique et boursoufflé ; la ca-
naille seule en est encore la dupe.
St.-Géran enchanté court embrasser
sa femme et ses enfans ; il ne résiste
point cependant au désir de les
éprouver. Il leur adresse des questions et leur parle des arts , des
sciences , des sentimens ; ils ré-
pondent à tout avec justesse et pré-
cision ; leur diction est pure , leur
jugement est sain , leur esprit est
orné ; ils s'expriment avec élégance
et facilité , mais sans emphâse et sans
prétentions. Bien , leur disait - il ,
mes bons amis ; tenez-vous-en à
la langue que parlaient Rousseau ,
Voltaire et Buffon ; elle n'est pas
si nouvelle que celle qu'on veut
y substituer , mais elle sera toujours la véritable langue française ,
celle des gens d'esprit et de bon
sens.

St.-

St.-Géran était trop heureux pour différer l'union de Belval et de Virginie. Cet hymen se conclut; mais le jour du mariage on donna ordre au portier de ne plus recevoir le *Feuilleton* ; *Corinne* passa dans la bibliothèque d'une femme-de-chambre que l'on renvoyait, et l'on fit cadeau d'*Atala* au bedeau de la parroisse, sur laquelle on cessait de demeurer.

F

ITINÉRAIRE

DE LUTÈCE

AU MONT VALÉRIEN,

En suivant le fleuve Séquanien et revenant par le mont des Martyrs.

BELVAL toujours plus épris de Virginie, cherchait tous les moyens de multiplier ses plaisirs, en augmentant son instruction.

Cependant la belle saison appellait tous les gens aisés et libres à la campagne ; mais Virginie prête à

donner à son mari le premier fruit
de leur mutuel amour, ne voulait
pas s'éloigner de la capitale.

Belval, Adolphe et St.-Géran
cherchaient aux portes de Paris une
de ces jolies maisons de plaisance
qui réunissent à l'élégance de la
ville les agrémens que l'on ne rencontre qu'aux champs.

Un jour que Belval était sorti
dans ce dessein, il rentra plus tard
qu'à l'ordinaire. Déjà Virginie commençait à s'inquiéter, lorsqu'il parut
avec deux étrangers.

L'un d'une figure vénérable était
son oncle, le curé catéchiseur de
Lyon. L'autre était un jeune homme
d'une figure assez sombre et d'un
maintien fort dévot.

Adolphe prenant Belval à part : — Comment se fait-il que ton oncle soit à Paris ? Comment vient-il chez toi après l'impolitesse que mon père t'a forcé de lui faire, lors de votre passage à Lyon. — Je t'expliquerai cela, répond Belval : mais permets que je te présente ainsi qu'à ma femme, M. de Maisonterne, littérateur orthodoxe et très-érudit, élève de monsieur le curé, et de plus nourri des écrits qui, depuis la renaissance du goût, servent de modèles, ceux de MM. de Bonnald, Geoffroy, Félés, Azaïs et autres illustres fondateurs de la nouvelle langue française. Tu connais déjà quelques - uns de ses ouvrages que nous avons lus ensemble. Il m'a fait part d'un projet fort intéressant auquel il veut bien nous associer et qui ne peut que nous être fort utile.

Quel est, messieurs, ce projet, demande Virginie ? — C'est un voyage, ma chère........ Non, monsieur, interrompit Maisonterne, c'est un pélerinage, tel qu'on les faisait dans le temps de la primitive église : un pélerinage dont j'ai d'avance esquissé le récit et que je publierai pour édifier et convertir ceux

« que la désastreuse philosophie a
» lancés dans les terres australes de
» la férocité, pour y faire de si
» épouvantables découvertes, qu'ils
» ont reculé d'effroi et sont revenus
» sur leurs pas, sans avoir dans cette
» route rétrograde d'autre guide que
» les victimes dont ils l'avaient ob-
» struée » : (1) un pélerinage enfin qui vaudra à lui seul une croisade.

_____

(1) *Esprit de l'Histoire* par Ant. Ferrand, pag. 15 de la préface.

Sans vous faire un *fracas de questions* (1), puis-je vous demander,
monsieur, dit Virginie, vers quel
saint lieu vous comptez diriger vos
pas ? — Je vais au plus saint de tous,
madame, au Calvaire. — J'admire
le pieux motif qui vous l'a fait choi-
sir ; mais, monsieur, que pourrez-
vous dire que l'on ne sache déjà ?
Les historiens.... — Je les copierai
sans doute, mais on ne s'en apper-
cevra presque pas ; et je dirai les
choses les plus connues d'une manière si extraordinaire, qu'elles pa-
raîtront toutes nouvelles.

Par exemple, croyez-vous que
j'appellerai cette ville *Paris ?* Non,
madame ; je l'appellerai *Lutèce* pour

---

(1) *Itinéraire à Jérusalem*, tom. 1er.,
pag. 175.

rappeller son origine, de *lutum*, boue, fange, parce qu'elle était jadis au milieu d'un marais. —Vous pourriez vous tromper, monsieur, dit Adolphe, et plusieurs auteurs vous contesteront cette origine. Ils vous diront que le nom de *Paris* vient de *Pâris*, fils de Priam, amant de la belle Hélène. Pour moi je crois qu'il vient du mot grec παρησια` (1) *hardiesse*, parce que jadis rien n'était plus brave que les Badaults. — Mon opinion, dit Belval, diffère de la vôtre, et je pense avec beaucoup d'historiens que Paris est la ville d'Isis. Si les Romains l'ont appellée *Lutèce*, parce qu'ils s'y sont crottés, il faut lui conserver son ancien nom beaucoup plus honorable. —Je vous demande pardon, reprit Maisonterne,

---

(1) Guy de Fontenay.

je tiens beaucoup à l'étymologie fangeuse que je donne à la capitale. Je n'aime pas à nommer les choses comme tout le monde les nomme. J'ai déjà débaptisé des villes et des fleuves ; cela m'a réussi ; l'on a dit de moi : *il est aussi savant qu'il est dévot;* et pour peu qu'on le répéte, je finirai par le croire moi - même,

Au surplus, messieurs et madame, je vous invite à m'accompagner, à me faire part de vos observations : je vous citerai, vous partagerez ma gloire et *mon nom sera le vernis du vôtre* (1). Peut - être un jour si l'académie oublie la langue surannée de Fénélon, de Bossuet, de Racine

---

(1) *Lettre de M. de Livry à Grétry,* pag. 15.

et de Buffon, ses portes s'ouvriront
pour nous. Mais occupons-nous de
notre pélerinage. Demain, dès que
la timide aurore habillera l'orient
de son élégante livrée, je me rendrai
mystérieusement à la chapelle basse
de St.-Leu et St.-Gille. C'est là qu'a-
près la dernière croisade fut enterré
le vaillant et pieux chevalier Rodolphe
de Crémailles. Revenu de la Palestine avec une robe de pélerin sur
son armure, il voulut conserver ce
vêtement dans son tombeau; mais sa
gourde et son bourdon consacrés à
la vierge existent encore, et par le
crédit de M. le curé, j'ai obtenu
l'honneur de m'en servir pendant le
saint voyage que j'ai projetté. Nous
suivrons ensuite le fleuve Séquanien,
tantôt en batelet, tantôt à pied « et
» le fleuve se réjouira dans son aban-
» don d'entendre retentir autour de

» ses rives les pas d'un obscur étran-
» ger » (1).

Le lendemain Adolphe, sa sœur et son mari se rendent à six heures du matin à St.-Leu et St.-Gille pour y entendre la messe. Déjà Maison-terne était au pied des autels, revêtu d'un rang de coquilles que son cos-tumier avait ramassées, rue Mont Orgueil. Quand il eût fini sa prière, il fit rebénir son bourdon et son sca-pulaire, puis remplissant sa gourde d'eau limpide et se faisant un col-lier de son chapelet : « n'imitons » pas, dit-il, les méchans : ils por-» tent l'orgueil à leur col comme un » carcan d'or ; ils s'enivrent à des » tables sacriléges. . . . (2). Partons,

---

(1) *Itinéraire à Jérusalem*, tome 1er., p. 112

(2) *Les Martyrs*, tome 1er., pag. 104.

» et dans notre route sans cesse
» occupés des beautés ineffables de
» la nature, livrons-nous aux plai-
» sirs enchanteurs dont les essaims
» séduisans vont former sur notre
» tête par leurs cercles légers une
» couronne fleurie , un cercle de
» jouissances inépuisables » (1).

Dans ce moment Maisonterne re-
garda Virginie avec un air tendre
dont Belval fut un instant troublé.

Ils allaient sortir de l'église, lorsqu'ils apperçurent dans un coin un
vieillard prosterné sur une pierre
tumulaire qu'il arrosait de ses larmes.
« De sa poitrine oppressée sortaient
» de si bruyans sanglots, qu'on eût

---

(1) *Génie de l'amour* , par M. Huc de
Miroménil, pag. 2.

dit

» dit un violent orage élevé sur un
» beau pays (1). Les éclairs qui par-
» taient de ses yeux s'éteignaient
» aussitôt. Le tonnerre de sa voix
» se perdait dans son cœur » (2).

Que ce spectacle est touchant,
dit Maisonterne ! Que la douleur de
ce vieillard m'interresse ! « La vieil-
» lesse, mes amis, est semblable à
» ces sceptres héréditaires, qui pa-
» raissent tout chargés de la majesté
» des siècles, mais qui ne se cou-
» vrent plus de fleurs, depuis qu'ils
» se sont desséchés loin du tronc
» maternel » (3).

(1) François de Mentelle. *Nouvelle his-*
torique de Mme. de Chevreuse, pag. 20.

(2) Le même, pag. 21.

(3) *Les Martyrs*, tome 1er., pag. 187.

Puisque la vieillesse est , selon
vous, un manche à balai qui ne
fleurit plus , attendons , dit Virginie ,
attendons ce bon vieillard à la porte
de l'église : nous lui parlerons :
peut-être nous pourrons le consoler.... Et pourquoi le consoler, reprit le pélerin ? « La douleur de
» l'homme sensible est comme la
» lampe religieuse et solitaire qui
» veille auprès des tombeaux. Qui
» serait assez barbare pour l'étein-
» dre (1) ». ? — Il me semble , dit
Adolphe, qu'il n'y a aucune barbarie à faire cesser la douleur quand
on le peut , et quelque soit celui
qui souffre. Mais n'importe, vous
ne le voulez pas , nous y consen-
tons. — Et vous faites bien. « Mal-

_____

(1) *Cours de littérature de* **La Harpe ,**
tome 4 , page 76.

» 'heur à qui se livre aux goûts sen-
» sibles avant d'être assez grand
» pour les mépriser ! Ce trait est
» une des plus réelles couleurs de
» mon être (1) ». Voilà ce qu'a dit
un de mes maîtres, et ce précepte
est bon à suivre.

Les voyageurs s'acheminent vers
la rivière pour y prendre le bateau
qui doit les conduire au Calvaire.
Mais à peine Maisonterne paraît-il
dans la rue que son costume bizarre
attire à sa suite tous les enfans va-
gabonds du quartier. D'abord ils
l'examinent avec étonnement, bientôt ils rient de sa tournure : la foule
augmente : des huées partent de tous
côtés : on le traite comme un masque
au temps du carnaval , et l'on est sur

---

(1) St.-Martin, *Des Erreurs et de la vérité.*

le point de lui jeter de la boue ,
lorsqu'il arrive au batelet et quitte
à l'instant le rivage.

« Le monde , dit - il , est une
» source d'abondantes humiliations.
» Abreuvons-nous-en : car les eaux
» de l'humiliation se jettent dans la
» mer du ciel » (1).

Après cet acte de résignation , il
s'occupe tout entier des objets qui
s'offrent à ses regards. — Me voilà
donc sur la *Séquana* qui , plus faible ,
mais plus riche que le Méchassébé ,
prend sa source chez les Bourgui-
gnons , abreuve les Champenois ,
traverse l'Isle-de-France , et après
avoir séparé le Vexin de la Beauce ,

---

(1) Fr. de Mentelle. *Nouvelle historique
de Mme. de Chevreuse ,* pag. 60.

fertilise l'antique Neustrie et va mê-
ler ses eaux avec l'Océan ! En ache-
vant cette description exacte, il remplit sa tasse dans la Seine — Je me
suis toujours fait un plaisir de boire
l'eau des rivières que j'ai passées
dans ma vie.... (1) — Et moi, dit
Belval, du vin de tous les vignobles
que j'ai traversés.

Adolphe prend à part sa sœur et
Belval. Je crois, leur dit-il, que
le moyen de donner à M. de Maisonterne l'occasion de développer
toute l'énergie de son enthousiasme,
c'est de parler le même langage
que lui. Il nous était familier na-
guères, et nous ne pouvons l'avoir
oublié.

---

(1) *Itinéraire de Jérusalem*, tome 1er.,
pag. 171.

Dans ce moment le batelet venait
de dépasser le Pont-Neuf, et côtoyait
le terre-plein où va bientôt s'élever
un obélisque. A la vue des pierres
amassées en cet endroit, Virginie
demande si ce ne sont pas les débris des *rochers acrocérauniens* ? —
Eh quoi ! s'écrie Maisonterne, ne
reconnaissez-vous pas la place où le
courageux grand - maître des Tem-
pliers, où l'intrépide Jacques Molay
périt dans les flammes, en chantant
les louanges du Seigneur ? C'est ici,
mes amis, c'est ici que *les chants
ont cessé.* Ces mots lui rappellent
un souvenir si douloureux que sa
tête tombe tristement sur sa poitrine, comme celle du père Aubry
quand il allait enterrer Atala.

Cependant le Louvre se découvre
tout entier aux regards de Belval,

qui ne peut s'empêcher de payer un tribut au génie des arts.— Ne sentez-vous pas , dit - il , à Maisonterne , votre ame s'élever , s'agrandir à l'aspect de ce bel édifice. « Il existe,
» n'en doutons pas , une source
» nécessaire et permanente d'où
» les objets d'admiration descendent
» continuellement à la voix de nos
» besoins (1) ». Que de richesses dans ce palais ! Rome, la Grèce, l'Afrique et l'Asie ont été dépouillées pour l'embellir ; et c'est pendant les horreurs d'une révolution politique que les Français ont commencé cette admirable collection de tableaux , de statues, de monumens! « Il faut que ce peuple, même
» au milieu de toutes ses misères,
» ait la main dans toutes les gran-

_____

(1) Œuvres posthumes de St.-Martin.

» deurs (1) ! Qu'ils étaient insensés
» ces iconoclastes, ces Léon Isau-
» rien, ces Constantin Copronyme,
» qui ne voulaient , vouant une
» guerre à mort aux arts, voir dans
» leurs palais , dans leurs temples,
» dans la nature entière, que l'uni-
» formité de l'ennui et de la nudité,
» que le deuil de l'incendie, et
» l'empire de l'ignorance (2) ».

Cette sortie contre le vandalisme
tire Maisonterne de sa rêverie. Montrant à son tour à Belval le palais
des sciences : — Honneur, dit-il,
au sanctuaire des érudits, au vrai
chalet des abeilles laborieuses (3) !
Le culte du Dieu des chrétiens fut

(1) *Les Martyrs*, tome 1ᵉʳ. , pag. 152,
(2) *Génie de l'amour*, pag. 26.
(3) *Itinéraire à Jérusalem.*

célébré dans cette enceinte, et je
ne trouve pas qu'elle ait changé de
destination. « Car elles sont dignes
» de leur patrie céleste les ames
» privilégiées des disciples d'Archi-
» mède et de Pythagore, de Locke
» et de Pope, de Newton et de
» Descartes, qui, planant au-dessus
» de la sphère terrestre, calculent la
» perfection mathématique de leur
» art, et se rapprochent du pro-
» totype universel et unique de tou-
» tes les beautés, de la source su-
» prême de toute hiérarchie con-
» cordante (1) ». C'est surtout l'as-
tronomie qui me semble la science
par excellence, quoiqu'elle ait été
cultivée et avancée par des athées.
C'est elle à qui l'on doit tous les progrès de la navigation. A quoi n'a-t-

_____

(1) *Génie de l'amour*, pag. 84.

elle pas servi? « L'amour de l'am-
» bition et du pouvoir, de la gloire
» mondaine et de la renommée ont
» su chercher et trouver des moyens
» auxiliaires et victorieux dans l'or-
» dre suprême et mystérieux des
» astres, comme dans le désordre
» sublime et nécessaire de leurs ré-
» volutions (2) ».

Le batelet était déjà près du Pont-
Royal, et Virginie faisait remarquer
à Belval la maison du marquis de
Vilette, l'appartement qu'avait occupé Voltaire. Au nom de Voltaire,
le pélerin se signe, et levant les
yeux au ciel : grand Dieu ! pourquoi
faut-il que je voie consacrer le plus
beau quai de Lutèce à cet apôtre
de l'incrédulité, tandis qu'aucune

---

(1) *Génie de l'amour*, pag. 75.

place , aucune rue , pas un carre-
four ne rappelle nos illustres modèles , Fréron., Royou , Desfon-
aines , la Beaumelle. C'est à ce
Voltaire que l'on doit la génération
les mécréans., des esprits forts , des
philosophes , qui ont causé tous les
maux que la France a soufferts , la
grêle , le tonnerre , les inondations ,
l'uniformité des mesures et des codes,
a liberté des cultes , la vaccine....
Vous en voulez donc beaucoup aux
philosophes, lui demanda Virginie ?
— Si j'en veux aux philosophes ,
madame.... Savez-vous ce que c'est
qu'un philosophe ? — Je le crois....
— Non, madame , vous ne le savez
pas ; voici son portrait :

« Son ton sentencieux , son air
» d'importance le rendent odieux à
» notre simplicité et à notre fran-

» chise : son front étroit et com-
» primé annonce l'obstination et l'es-
» prit de système : ses yeux faux
» ont quelque chose d'inquiet, com-
» me ceux de la bête sauvage :
» son regard est timide et féroce :
» son sourire est vil et cruel :
» ses cheveux rares et inflexibles
» qui pendent en désordre, sem-
» blent n'appartenir en rien à
» cette chevelure que Dieu jetta
» comme un voile sur les épau-
» les du jeune homme, et comme
» une couronne sur la tête du vieil-
» lard (1). Telle est la laideur de
» l'homme quand il est resté seul
» avec son corps et qu'il renonce
» à son ame (2) : tel est le philo-
» sophe ».

(1) *Les Martyrs*, tome 1ᵉʳ., pag. 143.
(2) *Idem*, pag. *Idem*.

Je

Je vous remercie, monsieur, dit
Virginie, de m'avoir donné son
signalement. Dans la bouche de tout
autre, j'aurais pris ces traits pour
ceux du Tartuffe.... A ce mot,
Maisonterne fronça le sourcil : ses
lèvres marmotèrent quelque chose
que l'on n'entendit pas, et Belval
qui apperçut de l'altération dans ses
traits, s'empressa de le distraire par
plusieurs questions. Mais il ne répondit que par des monosyllabes.

« Cependant chaque flot qui pous-
« sait le batelet vers le saint rivage,
» emportait une de ses peines (1) ».
Parvenu vis-à-vis l'île des Cygnes,
il rappelle le temps où elle servait
de retraite à une multitude de ces
oiseaux majestueux qui, nourris et

(1) *Itinéraire*, tom. 2, pag. 96.

H

soignés aux frais de la capitale, embellissaient le fleuve Séquanien en se jouant sur ses limpides eaux.

Adolphe lui demanda s'il connaissait de même l'origine du nom d'un banc de sable qui n'est pas éloigné de l'île des Cygnes, et qu'on appelle l'île Macquerelle. Ne serait-ce pas, dit-il, la Cérigo de la Séquana (1)?— Cela se peut, répondit le pélérin, et je consulterai là-dessus des ex-moines.

Cependant le ciel qui, jusqu'alors avait été serein, commence à se couvrir de nuages. Le vent de l'occident s'élève et le fleuve agité fatigue les rameurs. Tout-à-coup

(1) Ile stérile et pierreuse de l'Archipel de la Grèce, anciennement Cythère.

Maisonterne s'écrie ! Donnez - moi
une bouteille. — Il n'y en a pas. —
Eh bien ! Je me servirai de ma
gourde. Il la détache de son bourdon, la vuide, puis fouillant dans
sa poche, il en tire un papier sur
lequel il écrit : « Jean-Gille de Mai-
» sonterne, naufragé dans la Séqua-
» na, le........ en allant au Mont-
» Valérien ». Du moins je ne périrai
pas inconnu ! — Quoi, dit Virginie, vous craignez......... — Je ne
crains rien, madame, et je puis dire
aux autres : *Quid times ? Cœsarem*
vehis (1). — « Mais ce jour né du
» sein des tempêtes ne laisse tomber
» sur mon front que des soucis, des
» regrets et des cheveux blancs (2).

_____

(1) *Itinéraire à Jérusalem*, tome 1er.,
pag. 10.

(2) *Idem*, tome 3, page 117.

» Je dois tout prévoir. Voyez : l'o-
» rage se forme , il menace , il ap-
» proche. Dieu appelle le tonnerre ,
» et le tonnerre tremblant lui ré-
» pond : me voici (1). La colère
» du Très-Haut monte comme un
» incendie (2). Le char d'Emma-
» nuel s'ébranle sur son essieu de
» foudre et d'éclairs. Les Chérubins
» roulent leurs ailes impétueuses
» et allument la fureur de leurs
» yeux (3) ».

Je ne sais pas, dit Adolphe, si
le vent qui souffle vient des ailes
des Chérubins ou des Séraphins ,
mais je sens de la pluie et je crois
qu'il est prudent d'aborder. Nous

---

(1) *Les Martyrs* , tome 1er. , pag. 74.
(2) *Idem* , pag. 95.
(3) *Idem* , pag 103.

voici près d'Auteuil. La jolie maison que vous voyez appartient à une de mes connaissances , à un homme de votre bord , qui sera enchanté de nous donner asyle jusqu'au retour du beau temps. — Ne craignez rien , M. de Maisonterne , ajouta Virginie : cette maison de plaisance n'est point celle qu'habita Molière ou Boileau. Ces deux corrupteurs de la langue française demeuraient dans l'intérieur du village.

Le pélerin se laisse conduire. On aborde , on attache le batelet au rivage. Les rameurs se joignent à quelques pêcheurs , qui dans un renfoncement de la berge avaient allumé un feu avec des roseaux , en dépit d'Apollon , *que les gémissemens de ces roseaux consolaient de la perte*

H 3

de Daphné (1). Les voyageurs entrent chez M. Nyctophyle, qui parut charmé de recevoir les intéressans pélerins.

Virginie lui présenta M. de Maisonterne comme un inconnu. Mais elle fut fort étonnée d'entendre son hôte se féliciter hautement du hasard qui amenait chez lui l'illustre défenseur de la foi, le poëte en prose par excellence, le Pindare des Iroquois.

« Quoi, dit-il, j'ai le bonheur de
» posséder dans mon ermitage le
» célèbre écrivain qui, en ouvrant
» toutes les sources du sentiment, a
» su en inonder toutes les ames (2),

---

(1) *Itinéraire*, tome 1ᵉʳ. pag. 119.
(2) *Lettre de M. de Livry à Grétry*, pag. 30.

» le chantre d'Odérahi (1)! J'ai lu ,
» monsieur , j'ai dévoré votre ad-
» mirable livre : il sera le rêve de
» ma vie entiére ; il est l'optique de
» mon bonheur (2). Je le regarde
» comme un trésor de vérités ; et ,
» vous le savez , la vérité , source
» du sentiment , doit dans tous les
» âges lui fournir le tribut de ses
» eaux. Tant que les hommes conser-
» veront les principes élémentaires
» de leur être , tant que la succession
» des ames tendres ne sera point in-
» terrompue sur la terre , on viendra
» se désaltérer à cette source abon-
» dante. On viendra y puiser les
» plus délectables émotions (3) ».

(1) *Histoire américaine dans le genre d'A-*
tala ET FORT ANTÉRIEURE à cet ouvrage.

(2) *Lettre de M. de Livry à Grétry,* pag. 32.

(3) *Idem* , pag. 82.

Maisonterne ravi d'un si bel éloge,
veut repliquer....... Nyctophyle ne
lui en donne pas le temps....... Je
sais , monsieur , continua-t-il , que
votre modestie est encore au-dessus
de votre mérite. Pour vous sous-
traire aux louanges qui vous pour-
suivent , vous vous retirez quelquefois dans la vallée des Hurlans , vous
fuyez au milieu des bois : « Vous
» fuyez , mais le colosse d'admira-
» tion que vos divins ouvrages ont
» élevé, est d'une trop haute pro-
» portion pour que ses bras ne
» puissent vous atteindre beaucoup
» plus loin (1) ».

Vous n'êtes pas un homme ,
monsieur , non , vous n'êtes pas un

---

(1) *Lettre de M. de Livry à Grétry* ,
pag. 82.

homme , et vous échappez à nos sens. « On peut appercevoir la vie » dans ceux qui végétent , au lieu » d'exister. Mais comment la saisir » dans ceux dont chaque pas lais- » sant une trace immortelle , vous en » dérobe la vue par leur éclat (1) ».

Aussi avez - vous excité l'envie , réveillé la médisance....... On dit que votre style est emphatique , obscur , boursoufflé , souvent inin- telligible : j'en devine la raison. « Vous n'avez pu vous faire enten- » dre à des hommes , le génie n'en » rencontre jamais....... C'est de la » cendre des passions , que naissent » les juges équitables (2) ». Attendez

---

(1) *Lettre de M. de Livry à Grétry ,* pag. 139.

(2) *Idem ,* pag. 7.

que vous soyez mort , monsieur , et
vous verrez....... « Ah ! que dites-
» vous , interrompit Maisonterne ?
» J'ai beaucoup plus vécu dans la
» mort que dans la vie ; jamais je
» n'ai pu m'accoutumer à cet élé-
» ment (1) ». Au surplus , j'aime
mieux avoir des critiques que des
prôneurs ; et je ne serai pas , comme plusieurs de mes confrères , qui
n'ont pu résister à la persécution de
la prospérité (2). « Je ne m'irrite
» pas contre les censeurs même les
» plus sévères , parce que la colère
» comme la faim , est mère des
» mauvais conseils (3) ».

Voilà une grande vérité , dit

---

(1) *Lettre de M. de Livry à Grétry*, p. 141.
(2) *Les Martyrs* , tome 1er. , pag. 95,
(3) *Idem* , pag. 33.

Adolphe , et elle me rappelle que
nous n'avons pas déjeûné ! M. Nyctophyle à ces mots , prend la main
de Virginie , et la conduit à une
espèce de belvedère, où se trouve
une table élégamment servie. Cette
pièce vîtrée en lanterne permettait
de jouir de tout l'effet de l'orage ,
dont un paratonnerre écartait les
dangers. C'était un fort beau coup-
d'œil que cette lutte des vents , de
la foudre et des nuages. Adolphe
et Belval l'aurait fort admirée, si
leur appétit les eut laissés sensibles
à ces sortes de beautés.

On fit honneur au déjeûner de
M. Nyctophyle , et pendant qu'on
louait les productions de son jardin
et de sa basse-cour, la pluie cessa ,
les nuages s'élevèrent , le vent s'ap-
paisa et le soleil reparut dans toute

sa splendeur. — Saluons le retour du grand astre , dit M. Nyctophyle , en buvant de ce vin de Pomard. Il est d'une bonne année ; le raisin était mûr.... — « Il n'est pas néces- » saire , dit Maisonterne , que le » raisin soit mûr pour que la ven- » dange soit bonne. La grappe verte » et flétrie sur le cep avant l'au- » tomne donne le plus doux vin » aux bords de l'Alphée et sur les » coteaux de l'Erymanthe (1) ». — Je crains bien , dit Virginie , que le vin de l'Erymanthe ne soit pas meilleur que le vin de Suresne.

On se lève , on remercie M. Nyctophyle de son accueil, et l'on s'apprête à le quitter. — Je désire, dit-il , qu'avant de vous retirer , vous

_____

(1) *Les Martyrs,* tome 2 , pag. 116.

jettiez

jettiez les yeux sur ma bibliothèque.
Il ouvre à ces mots la porte d'une
petite galerie , où 3 à 4000 volumes
reliés avec luxe par Bozérian , sont
rangés dans des armoires d'acajou
vîtrées , et décorées de bronzes
dorés.

Les premiers ouvrages qui s'offrent à la vue sont le *Génie du
Christianisme* (1) , *l'Année littéraire* (2) , *les Mémoires du Jacobi-
nisme* (3), *l'Essai sur le rétablisse-
ment des Jésuites* (4) , *la Pitié* (5) ,
le Spectateur français au 19e. *siècle*(6),

___

(1) Par M. de Châteaubriant.
(2) Par Geoffroy.
(3) Par l'abbé Barruel.
(4) Par l'abbé Fontenay.
(5) Par l'abbé Delisle.
(6) Par Gairard, Bellemain et Montjoie.

I

les *Souvenirs de Félicie* (1), *l'Influence des Femmes sur la littérature* (2), *l'Herbier moral* (3), *la
Législation primitive* (4), *le Poëme
de l'incrédulité* (5), *l'Esprit de l'histoire* (6), *les Tombeaux de St.-
Denis* (7), *le Tableau historique des
nations* (8), enfin *les Essais histo-
riques sur l'effusion continuelle du
sang humain par la guerre* (9).

---

(1) Par Mme. de Genlis.

(2) Par la même.

(3) Par la même.

(4) Par M. de Bonnald.

(5) Par M. A. Soumet.

(6) Par M. Ferrand.

(7) Par M. De Treneuil.

(8) Par E. Jondot.

(9) Par Louis de Ste.-Marie, Paris 1807.
« Le genre humain peut être considéré com-
» me un arbre qu'une main invisible taille
» sans relâche et qui gagne à l'opération »,
pag. 168.

— Nous serions flattés, dit Belval, de pouvoir parcourir ces ouvrages si curieux par leur style éleognostique (1); mais comme il nous reste encore une lieue à faire, permettez, M. Nyctophyle, que nous continuions notre route, charmés et reconnaissans de votre bon accueil.

On se rembarque, on a déjà passé Javelle, et salué l'avenue de Sévres, lorsque Maisonterne appercevant dans le parc de Saint-Cloud la lanterne de Démosthènes : « Con-
» templez, dit-il, cette architecture
» grecque, enchantée comme les
» Oasis, magique comme les his-
» toires contées sous la tente (2).

---

(1) Racine ηλεοσ.
(2) *Itinéraire à Jérusalem.*

» Qui de nous ne se croirait à Athé-
» nes, écoutant les intrigues de la
» rue des Trépieds et les aventures
» galantes qui se passent dans les
» jardins de Phocion» !

Bientôt le batelet a passé sous les
ponts de Sèvres et de St.-Cloud.
Boulogne a disparu sur la droite,
et le Calvaire se montre aux yeux
ravis du pélerin.

    « La voilà , s'écrie-t-il, cette terre
» travaillée par des miracles ! Le so-
» leil brûlant, le figuier stérile , tous
» les tableaux de l'Ecriture sont là.
» Chaque nom renferme un mystère.
» Chaque grotte déclare l'avenir....
» Dieu même a parlé sur ces bords.
» Les torrens desséchés , les rochers
» fendus, les tombeaux entr'ouverts,
» attestent le prodige. Le désert pa-

» rait encore muet de douleur, et
» l'on dirait qu'il n'a osé rompre le
» silence depuis qu'il a entendu la
» voix de l'Eternel (1). Je te vois,
» Jérusalem, je te vois encore à
» travers le temps qui n'est plus (2) » !

» Oui, c'est la porte de Tancrède
» qui se dessine devant moi : je
» reconnais l'humble cabane où
» vint se cacher Herminie ; cette
» place est celle où Clorinde en-
» leva Sophronie aux flammes du
» bûcher ».

Adolphe et Virginie n'étaient pas
si heureux ; ils ne voyaient que le
couvent des ermites.

_____

(1) *Portrait de Jérusalem*, dans l'*Itiné-*
raire de M de Châteaubriant.

(2) *Odérahi*, pag. 23.

Cependant on a quitté le batelet
et payé les rameurs. La calèche de
Belval s'était rendue à Suresne pour
conduire les voyageurs au Mont-
des-Martyrs. Le cocher se disputait
avec un paysan qui avait tourmenté
ses chevaux , et comme Belval ar-
rivait , il *sanglait* (1) à ce pauvre
diable un coup de fouet au milieu
du visage.

On les sépare , on les appaise ,
et on s'apprête à gravir à pied le
Calvaire ; lorsque Maisonterne apperçoit le cimetière de Suresne. —
Un moment, dit-il à ses compagnons
de voyage ; permettez-moi de visiter
cet asile de la mort : j'aime beau-

(1) Expressions et geste de M. de Châteaubriant dans son *Itinéraire à Jérusalem ,*
tome 2 , pag. 41.

coup les tombeaux , j'en cherche ,
j'en vois par-tout. « Qu'un cimetiére
» a de charmes ! Quelle diversité de
» mœurs et de vertus l'on apperçoit
» là d'un coup-d'œil ? Et ces vertus
» tempérées par la mort comme ces
» vins généreux que l'on mêle , dit
» Platon, avec une divinité sobre ,
» n'offusquent point les regards des
» vivans (1) ». On est forcé de le
suivre ; mais à peine est-il entré
dans le champ du repos , qu'il met
le pied dans un trou , et se donne
une entorse. Il jette un cri qu'il se
reproche aussitôt : on le soutient ,
mais il boite et ne marche qu'avec
douleur.

« Serai-je donc privé , dit-il , de
» voir cette terre antique , retentis-

---

(1) *Itinéraire*, tome 1er. , pag. 225.

» sante de la voix des siècles et des
» traditions de l'histoire (1). Ne
» pourrai - je contempler ce désert
» qui semble respirer encore la gran-
» deur de Jehova , et les épouvan-
» temens de la mort (2) » ?

On le rassure , on lui promet qu'il
verra la terre antique , qu'il res-
pirera les épouvantemens de la
mort. On l'oblige à prendre un
peu de repos. Pendant ce temps
Belval trouve un âne qu'il lui
amène pour le porter au Calvaire.
Maisonterne fait quelques difficul-
tés pour l'accepter. « Convient-il
» à un pauvre pêcheur , comme
» moi , dit-il , ignoré des grands ,
» *rejetté comme les balayures du*

_____

(1) *Itinéraire* , tome 2 , pag. 96.
(2) *Idem* , tome 2 , pag. 143.

» *monde* (1), de paraître dans le
» saint lieu sur la même monture
» qui porta le Sauveur ». On dis-
sipe son scrupule, il se laisse per-
suader.

En sortant du cimetière, les voyageurs suivent un sentier où Maisonterne eut à peine fait 20 pas qu'il
s'arrêta.... — Mes amis! mes amis!
n'avez vous pas entendu le pied le
mon âne frapper sur un endroit
qui sonne creux? — Oui, eh bien!
— O précieuse découverte! — Laquelle? — Comment, laquelle? Ne
sommes-nous pas à 73 mètres envi-
ron du cimetière que nous venons
de quitter : ne sommes-nous pas à
l'orient de Suresne? — Qu'est-ce
que cela signifie? — Cela signifie

---

(1) *Itinéraire*, tome 1er., pag. 144.

que mon âne a trouvé le tombeau
de *St.-Cupuphin* cherché vainement
par les fidèles. — Voilà une belle
preuve !— Certainement , et il n'en
a pas fallu d'avantage à un de mes
amis , pour trouver le tombeau de
Clytemnestre et d'Egysthe près des
murailles d'Argos (1).

Au milieu de la montagne , on rencontre une jeune fille qui venait d'y
faire sa prière , et qui pleurait. —
Qu'avez-vous, mon enfant, dit Virginie ; et ne peut-on vous soulager ?
—La paysanne rougit , garde le silence , et pleure d'avantage. Sa taille
trop arrondie trahit son secret, et
répond pour elle que quelques mois
avant, elle n'était pas seule quand
elle fit le même pélerinage. — « Ah !

---

(1) *Itinéraire*, tome 1er. pag. 136.

» je vous plains, lui dit Adolphe.
» Une fille qui se laisse séduire, a
» beau laver sa faute avec une
» plante, elle ne peut mettre la
» main sur la bouche de son cœur,
» ni l'empêcher de crier : tu as mal
» fait (1). Mais allez avec confiance
» trouver votre mère. Elle pleurera,
» mais sa voix fera fuir votre cha-
» grin, comme une hirondelle chas-
» se à coups de bec l'oiseau de
» proie (2) ». — M'est avis, mon bon
monsieur, répond la paysanne, que
c'est l'oiseau de proie qui chasse
l'hirondelle à coups de bec. — Maisonterne sourit à la jeune fille, en
disant : que cette petite est simple !

Mais en arrivant à la grande sta-

---

(1) *Odérahi*, pag. 91.
(2) *Idem*, pag 34.

tion du Calvaire, il se prosterne ; baise la terre humblement , puis regardant le Christ qu'un soldat farouche perce de la lance : « O di- » vines souffrances, dit-il, ô mon » Dieu, que les peines que tu as » consenti à souffrir me pénètrent » l'ame ! hélas j'ai le fatal compas » de la sensibilité pour mesurer les » degrés de ta douleur (1) ».

Quand il eut satisfait aux premiers besoins de son cœur religieux , Belval et Adolphe lui firent admirer la belle vue dont on jouit sur ce monticule. « — Voyez, lui disaient-ils, » ces buissons parfumés qui se des- » sinent dans les vallons comme » des ruisseaux de fleurs et rem-

_____

(1) *Lettre de M. de Livry à M. Grétry* , pag. 145.

placent

» placent la fraîcheur des eaux par
» celle des ombres (1). — Oui, ré-
» pondit le pélerin ; mais je vois
» aussi le désert qui se glisse com-
» me un ennemi dans la vaste plaine ;
» il pousse ses sables en longs ser-
» pens d'or et dessine au sein de la
» fécondité des méandres stériles (2)».

C'est, dit Belval, la plaine des
Sablons ! — Ah Dieu ! s'écrie Maisonterne, avec vos expressions tri-
viales, vous désenchantez les har-
monies de la nature. — Eh bien !
tournez vos regards de ce côté ;
admirez ce bois charmant, ce parc
élégamment dessiné. Si un « léger
» zéphir vient se jouer dans ces bo-
» cages, le feuillage agité se balance

(1) *Les Martyrs*, pag. 9.
(2) *Idem*, pag. 86.

K

» et s'entrouvre, et une pluie d'or
» semble se disperser parmi les ra-
» meaux et tomber sur le gazon. On
» respire un air que parfument l'au-
» bépine, la violette, les arbres de
» pourpre et de neige, dispersés
» dans les vignes, et les émana-
» tions balsamiques que laisse échap-
» per en abondance la feuille nais-
» sante du peuplier pyramidal (1).
» Au milieu de ce joli bois, remar-
» quez cette petite fabrique sem-
» blable à une tour indienne qui
» s'élance d'une riche base de ver-
» dure, et se dessine avec élégance
» et simplicité sur un fond d'un
» vert tendre adouci par un voile

(1) *Notice sur les Charmettes*, par M.
Raymond, proviseur au lycée de Cham-
berry (Magasin encyclopédique), Août 1811,
pag. 284. Un proviseur... parler ce langage!!!

» aërien (1)». C'est là que Sainte-James prenait son café.

Que cette vue est immense, dit Maisonterne ; je reconnais, avec Azaïs, « que l'unité est le lien de » l'univers, l'infini son enceinte ». Mais la cloche argentine nous appelle au temple. Il est permis aux fidèles d'approcher le St. Sépulchre. Allons-y réclamer une indulgence plénière.

Les voyageurs entrent dans l'église. Un fils de Saint-François commençait un sermon, dont le sujet était l'histoire de Saint-Eudore et de Sainte-Cymodocée, petite-fille du grand Homère. Son texte était :

---

(1) *Notice sur les Charmettes*, par M. Raymond.

K 2

Quando cecidit in foveam bestia,
obruatur.

Ah ! mes frères, disait-il, comment vous peindre la conduite admirable de ces deux élus du Seigneur, qui devinrent amoureux l'un
de l'autre au clair de la lune, et
passèrent plusieurs nuits ensemble
sans jamais oser faire.... ce que tant
d'autres font en plein jour. Et cependant Cymodocée était encore
payenne : mais son père l'élevait
comme un ange, et lui disait souvent : « Il faut traiter notre ame à
» son arrivée dans notre corps,
» comme un céleste étranger que
» l'on reçoit avec des parfums et
» des couronnes (1) » : ce qu'elle
concevait parfaitement, et ce qui

(1) *Les Martyrs*, tome 1er. , pag, 12.

prouve qu'elle avait beaucoup d'esprit.

Quant à St.-Eudore, mes frères, c'était un guerrier dévot comme un abbé. « La religion tenant son ame
» à l'ombre de ses ailes, l'empê-
» chait comme une fleur délicate de
» s'épanouir trop tôt, et prolongeant
» l'ignorance de ses jeunes années,
» elle semblait ajouter de l'inno-
» cence à l'innocence même (1) ».

Je ne vous raconterai pas, mes frères, les exploits de St.-Eudore, lorsqu'il vint combattre les Francs, et qu'il vit les Romains reculer devant l'armée des flots (2): Je ne vous parlerai pas de ses amours

---

(1) *Les Martyrs*, tome 1er., pag. 117.
(2) *Idem*, tome 1er., pag. 239.

K 3

avec une druidesse, qu'il abandonna saintement, quand elle n'eut plus rien à lui accorder, de son esclavage chez le roi Pharamond, de son voyage dans les Alpes, où en voyant les petites cabanes des bergers, il remarque que le chevrier des montagnes, vivement frappé de la briéveté de sa vie, ne s'est pas donné la peine d'élever des monumens plus durables que lui (1).

Je laisse tous ces détails à cet auteur inimitable qui, non content de chanter les martyrs, fait des martyrs de tous ses lecteurs; à cet historien immortel, qui fait revivre parmi nous la véritable éloquence. Je ne vous entretiendrai, mes frères, que du zèle de St.-Eudore à convertir

_____

(1) *Les Martyrs*, tome 1er., pag. 199.

à la foi sa bien aimée : car il ne voulut pas cueillir la fleur de sa vir- ginité, qu'elle n'ait été arrosée des eaux du baptême : procédé délicat et rare.

Or, tandis que Mlle. Homère voit les parques vêtues de blanc et assises sur l'essieu d'or du monde, pour écouter la mélodie des sphéres (1), Eudore lui fait connaître les beautés du paradis pour lui donner l'envie d'y monter, et c'est dans les termes les plus clairs qu'il lui parle de ce lieu de délices. « Aucun soleil ne » se léve, dit-il, aucun soleil ne se » couche dans des lieux où rien ne » commence et rien ne finit. Mais » une clarté inéffable descendant » comme une tendre rosée entretient

<hr/>

(1) *Les Martyrs*, tome 1er., pag. 69.

» le jour éternel de la délectable
» éternité (1) : c'est là que l'on voit
» Jehova sur son trône éclatant, où
» l'on monte par cent degrés de ru-
» bis, d'escarboucles et d'émérau-
» des (ce qui fait un bel esca-
» lier). L'Eternel ouvre ses lèvres
» où respire la loi de clémence : il
» remplit le ciel de ses accens plus
» purs que les soupirs de la fontaine
» de Samarie (2) ».

Mlle. Homère comprit très-bien
les soupirs d'une fontaine ; elle fut
aussi touchée de la peinture de l'en-
fer : « régions impérissables comme
» la vengeance qui les forma ; tombe
» et berceau de la mort, où le
» temps ne fait pas la règle, et qui

---

(1) *Les Martyrs*, tome 1er., pag. 82.
(2) *Idem*, tome 1er., pag. 100.

» resteront encore, quand l'univers
» aura été enlevé, ainsi qu'une tente
» dressée pour un seul jour (1). »

Elle se convertit, et peu de temps
après elle eut le plaisir d'être dévorée
par un tigre dans les bras de son
amant. C'est ce que je vous souhaite,
mes frères, ainsi que la vie éternelle.

Maisonterne veut saluer le supérieur des ermites : on le conduit
vers ce saint homme qui le félicite
de sa piété, et lui dit : — Mon fils,
si vous étiez en Palestine, je vous
donnerais l'ordre du St. Sépulchre,
que vous pourriez garder dans votre
poche en France : vous chausseriez
l'éperon de Godefroid de Bouillon,
et vous recevriez l'accolade avec cette

---

(1) *Les Martyrs*, tome 1er., pag. 293.

fameuse épée dont il se servait pour fendre en deux un géant sur le pont d'Antioche : vous vous croiriez un chevalier sans peur et sans reproche (1). Mais ici, mon fils, je ne puis vous offrir qu'un rosaire. Maisonterne le reçoit un genou en terre, le baise avec respect, et regardant le chef des ermites avec humilité : — Ce don de miséricorde, mon père, dit-il, me reconfortera dans les orages de la vie, et je me souviendrai toujours » que je le tiens de vous qui êtes au » port du salut, comme un vieux » pilote dont les songes sont enfans » des vents et des tempêtes (2) ».

Les voyageurs parcourent ensuite, après ce discours édifiant, les

---

(1) *Itinéraire*, tome 3, pag. 39 et suiv.
(2) *Idem*, tome 3, pag. 114.

douze stations consacrées à la passion du Sauveur, et ils redescendent à Suresne pour reprendre leur calèche : ils suivent le fleuve Séquanien jusqu'au village d'Asnières. Comme ils en approchaient, un jockei vint à cheval, au-devant d'eux, les prévenir que M. de St.-Géran les attendait à dîner dans une maison de campagne où il avait amené une dame fort curieuse de faire la connaissance de M. de Maisonterne. — Quelle est cette dame, demanda Virginie? Est-elle jeune? Est-elle jolie? — Non, Madame, répondit le jockei, ni l'un, ni l'autre. On la nomme Mme. Belise, comtesse de Mascarillis ; c'est une veuve qui, dit-on, fait des livres de toute espèce, et brûle comme une lampe (1).

_____

(1) Mme. de G. a fait graver à la tête de

La calèche se détourne et entre dans la cour d'une maison agréable. Adolphe et Virginie courent embrasser leur père. St.-Géran salue M. de Maisonterne, le prend par la main, et le présente à la comtesse. — Vous serez, lui dit - il, Monsieur, très-flatté, je crois, de connaître l'illustre ennemie du factieux Fénélon, l'auteur célèbre de l'*Intrigue dans la cave*, la savante interprète des arabesques, la moderne Clio, qui nous apprend l'art de mettre l'histoire en romans, et les romans en histoires, le tout à la plus grande gloire de Dieu. Madame a désiré de vous voir, et j'ai pensé que vous

---

son *Théâtre d'éducation*, première édition, un fleuron représentant une lampe ardente, soutenue par des génies, et au-dessus cette devise : *Pour éclairer, tu te consumes.*

me

me permettriez d'interrompre votre
pélerinage, pour vous procurer le
plaisir de lui faire votre cour. M.
de Maisonterne troublé par la vue
de la Comtesse, balbutie un com-
pliment, et assure que depuis long-
temps admirateur des ouvrages qu'elle a publiés, il ambitionnait le bonheur dont M. de St.-Géran le faisait jouir.

On fit une courte promenade dans
le jardin que Virginie trouva fort
joli. — Eh! bien, ma fille, lui dit
St.-Géran, tu peux disposer de tout
ceci. C'est pour toi que j'ai acheté
cette maison, et j'ai demandé à Belval de ne point t'en prévenir pour te
ménager une surprise. Prends donc
possession de ton nouveau domicile,
et fais-en dès aujourd'hui les hon-
neurs. Virginie embrasse son père;

L

l'heure de dîner rappelle les pro-
meneurs à la maison. On se met à
table.

La salle à manger était décorée de
différens tableaux. L'un d'eux fixa
les regards de Belval : il représen-
tait un homme d'une assez belle
figure, couvert d'un manteau rouge,
et placé entre le soleil et la lune.
— A ces signes, à ces cheveux plats,
aux petites moustaches qu'il porte,
et à la royale qui orne son menton,
je suppose, dit Belval, que ce per-
sonnage était un astronome du temps
de Louis XIII. — Non, mon ami,
répond St.-Géran, c'était un homme
de lettres fort distingué, dont les ouvrages n'ont pas été inutiles à Corneille et à Molière, un homme
dont le style semblerait calqué sur
celui de M. de Maisonterne, s'il ne

lui était antérieur de 190 ans. — Je croyais, dit Maisonterne, mon style original, et je n'ai suivi aucun modèle. — Permettez-moi, reprit St.-Géran, d'en faire juge Mᵐᵉ. la comtesse et mes enfans qui ont lu vos écrits. J'ai assez de mémoire pour me rappeller fidèlement quelques phrases de l'homme de lettres que vous voyez. Par exemple, en parlant d'une fontaine il dit : » Que
» ses bords sont d'un gazon émaillé
» de tant de fleurs, qu'elles sem-
» blent s'empresser à qui s'y mirera
» la première. . . . Elle est encore.
» au berceau, car elle ne vient que
» de naître, et sa face jeune et jolie
» ne montre pas une seule ride.
» Elle est bien généreuse et ne re-
» çoit visite de personne qu'elle ne
» lui donne son portrait. Le voya-
» geur qui vient s'y rafraîchir, cour-

» bant sa tête vers l'onde, s'étonne
» qu'il soit grand jour sur son ho-
» rizon, pendant qu'il voit le so-
» leil aux antipodes, et ne se pen-
» che qu'avec précaution de peur
» de tomber au firmament ».

— Vraiment, dit Virginie, la
ressemblance est frappante, et je
croirais entendre lire une description faite par M. de Maisonterne. —
Moi, je pense, dit en minaudant
la comtesse, que monsieur écrit
avec un peu moins de simplicité. —
Attendez, reprend St.-Géran, mon
auteur a quelquefois des images et
des tours plus soignés. Quand il se
plaint des rigueurs d'une belle, il
écrit que « le marteau de la jalou-
» sie sonne les plus longues heures
» du désespoir dans le clocher de
» son ame ». — Charmant ! char-

mant! s'écrie la comtesse; et comment définit-il l'amour ? — Je m'en
souviens, dit St.-Géran, le voici :

« L'amour est une flamme folette
» qui brille au bord d'un précipice,
» un feu qui brûle sans consumer,
» un guide aveugle qui crève les
» yeux de ceux qu'il conduit, un
» assassin que l'ame introduit dans
» sa maison par les fenêtres, un
» poison que l'on boit par les yeux....
— Vous le définissez bien mieux,
l'amour, M. Maisonterne, dit la
comtesse en le regardant tendre-
ment...... Mais, dites-nous, St.-
Géran : quel est cet auteur qui avait
si bien deviné le bon genre que
nous nous efforçons de mettre à la
monde ? — Madame, c'est Cyrano
de Bergerac. — Qui ? le burlesque
auteur du *pédant joué* ? — Lui-

même. Adolphe, Belval et Virginie
ne purent s'empêcher de rire : ce
qui aurait beaucoup piqué la comtesse, si elle n'avait été fort occupée
de Maisonterne qui lui adressait tout
bas les discours les plus galans. —
Je crois, en vérité, qu'ils se sont
pris mutuellement d'une belle passion, dit M. de Saint-Géran à ses
enfans.

Il ne se trompait pas ; une étrange
sympathie les attirait l'un vers l'autre, et ils n'attendaient que le moment de se déclarer leurs sentimens.
Belval leur en fournit l'occasion. Le
temps était superbe, et la soirée
invitait aux promenades solitaires,
Vénus ou Vesper brillait au firmament. « Vois-tu, dit Belval à Vir-
» ginie, cet astre charmant qui de
» tout temps et tous les jours,

» tantôt précurseur de la reine des
» nuits, tantôt brillant après que
» Phœbé s'est enveloppée dans son
» manteau perlé, prédit l'instant du
» rendez-vous à l'amante craintive
» qui s'y rend, en éclairant l'amant
» heureux qui l'a demandé (1) ».

La comtesse donnait en ce moment le bras à Maisonterne, qui,
lui montrant le ciel, lui dit :
« Tandis que la lune promène sa
» fraîche continence à travers les
» nuages, que la terre bâille et
» que la mort parcourt ce globe
» pâle sur un cheval blanc (2), li-
» vrons-nous aux douces rêveries ».
La comtesse le regarde et soupire.
Ils s'acheminent lentement et com-

(1) *Génie de l'amour.*
(2) *Génie du Christianisme.*

me sans dessein vers un bosquet de charmille et s'asseyent en rêvant sur un banc de gazon. Virginie qui se doute que la conversation va bientôt s'animer, entraîne son père, son frère et son mari derrière la charmille, et là, prêtant une oreille attentive, ils recueillent le dialogue suivant :

M. — Ah ! Madame que le cœur de l'homme est une étrange chose !

La C. — Et celui de la femme, M. de Maisonterne !

M. — Qui dit l'un, dit l'autre. Oui notre cœur seul est imprégné du besoin insatiable d'aimer......
« De cette soif brûlante qui le
» fait perpétuellement se forger une

» chimérique atmosphére de fé-
» licité (1) ».

La C. — Etes - vous dans cette
atmosphère ?

M. — Ah ! Madame, que me
demandez-vous ? Que ne vous ai-je
connu il y a trente ans, j'aurais bu
le plaisir dès mon enfance (2).

La C. avec prudence. — Ceci ,
monsieur , ressemble fort à une dé-
claration.

M. — Vous avez trop d'esprit
pour vous y méprendre. Oui , je
vous aime, je brûle pour vous et
pour vos ouvrages divins qui prou-

---

(1) *Génie de l'amour*, pag. 149,
(2) *Odérahi* , pag. 41,

vent que vous êtes comme Alexandre,
de qui on a dit , *chez lui tout sort
des entrailles* (1). Je désire associer
ma gloire à la vôtre. Nous occupe-
rons la même place au temple de
mémoire. Si j'ai bien lu dans vos
yeux, mon hommage ne vous déplaît pas.... Vous vous taisez . . . .
Mes paroles seraient-elles comme
des plumes sur votre ame (2).

La C. — Soyez content , Maisonterne , Mascarillis vous aime.

M. — Aveu charmant ! Quel aimable avenir il me promet ! Dans
peu je pourrai dire en parlant de
ma chère comtesse : « Elle répond
» à mes lettres brûlantes par des
» épitres enflammées, prévient mes

---

(1) *Itinéraire* , tome 2 , pag. 56.
(2) *Odérahi*, pag. 167.

» vœux par ses souhaits , devance
» mes désirs par ses espérances ,
» confirme mes résolutions par ses
» volontés , comble mes peines par
» ses demandes , devine mon cœur
» par son ame , et détermine enfin
» mon bonheur par sa félicité (1).
» Eloquente amie ! Consentez à imi-
» ter Eve. Je vous rendrai mon
» épouse par une alliance de justice ,
» de compassion et de miséricorde.
» Je régnerai sur vous parce que
» l'homme est fait pour l'empire ,
» et je vous aimerai comme une
» grappe de raisin que l'on trouve
» dans un désert brûlant (2) ».

La C. *Oui vous brûlez de mordre à cette*
grappe mûre ,
Et la grappe ardemment désire la morsure.

(1) *Génie de l'amour* , pag. 3.
(2) *Les Martyrs* , tome 2 , pag. 141.

Voilà ce que disait Guillemain
dans sa pièce du *dindon rôti*.

M. Laissez-là le dindon , chère
comtesse , et écoutez-moi. La muse
hébraïque m'inspire. Je chante mon
amour. . . . « Ma maîtresse s'avance
» comme l'aurore ; elle s'élève du
» désert comme la fumée de l'en-
» cens ; sa bouche est une grenade
» entr'ouverte , ses yeux sont purs
» comme les eaux des Piscines d'Hé-
» sébon. Je vous conjure. par les
» chevreuils de la montagne, sou-
» tenez-moi avec des fleurs et des
» fruits, car mon ame s'est fondue
» à la voix de mon amie. Vents du
» milieu du jour, soufflez dans les
» Mandragores..... Ma bien aimée ,
» ouvrez-moi vos portes de cèdre ,
» mes cheveux sont mouillés de la
» rosée de la nuit. Que votre main
                                    gauche

» gauche soutienne ma tête . . . .
» Mettez-moi comme un sceau sur
» votre cœur (1) ».

La C. transportée. — Ah ! viens,
viens sur mon cœur, comme un
sceau. . . . Quels accens ! et je n'y
répondrais pas. . . . . . Ecoutes à ton
tour. « Si je venais à te perdre,
» les hymnes funèbres, les déplo-
» rables lais, les douloureux échos
» de l'amour en deuil rempliraient
» mes pages noircies. . . . , Après
» avoir humecté tes cendres du suc
» du Cynamomum, après avoir
» ombragé ta tête des vapeurs de
» l'aloës et planté aux extrêmités
» de ta tombe le cyprès de la mort
» et le saule des larmes.... Après
» que mes chants lamentables au-

(1) *Les Martyrs*, tome. 2.

M

» raient laissé pénétrer jusqu'au fond
» du tombeau, le rythme mélan-
» colique de mes accens plaintifs....
» Les glaces du trépas qui te cap-
» tiveraient viendraient arrêter mon
» sang; la lividité de tes formes
» appâlirait mon visage, oblitérerait
» mes membres; mais avant d'ex-
» haler mon dernier soupir, je gra-
» verais sur la froide pierre : Cette
» tombe de l'époux est le tom-
» beau de l'épouse; un instant la
» mort les sépara; la mort les a
» réunis pour l'éternité, et je m'é-
» tendrais près de toi pour ne plus
» te quitter ! ! ! ! (1) ».

Adolphe et Virginie étouffaient
de rire derrière la charmille. St.-
Géran qui les voit près d'éclater,

_____

(1) *Génie de l'amour*, pag. 11.

les entraîne à la maison où bientôt
Maisonterne se rend avec la comtesse, qui prétexte un mal de tête
et se retire de bonne heure dans
son appartement.

Le lendemain on se lève avant
l'aurore. Il me reste, dit Maisonterne, une dernière station à faire.
Mon pélerinage ne serait pas complet
si je ne visitais pas le Mont des Martyrs ; ce mont célèbre où Dyonisius
et ses deux compagnons ont perdu
la tête pour la foi. Je ne vous invite pas à m'accompagner, je ferai
seul ce voyage. — Seul ? Non pas,
s'il vous plaît, dit la comtesse de
Mascarillis, paraissant en robe de
pélerin : non, M. de Maisonterne,
je vous suivrai. J'ai des observations à faire, sur cette montagne gyp-
seuse, pour une minéralogie senti-

mentale que je veux bientôt publier. . . . . . . « Mais que vois-je sur
» Montmartre ? Quelques lignes ma-
» giques se jouent dans les airs et
» figurent dans la région des mé-
» téores les secrets de l'état ou
» l'objet imprévu de la joie pu-
» blique : tout-à-coup s'établissent
» d'autres lignes mystérieuses et in-
» visibles qui, messagers de nouvelle
» espèce, portent l'événement tout
» entier avec la rapidité de l'éclair.
» Confiée à un rayon de lumière,
» la nouvelle vole d'une station à
» l'autre, se répète inconnue à cha-
» que interprête, et dans quelques
» instans se communique du centre
» aux extrémités du vaste em-
» pire (1) ».

---

(1) *Notice sur les Charmettes*, par M.
Raymond, pag. 295. Un proviseur... parler
ce langage ! !

Ceci, dit Virginie, serait une énigme pour qui ne connaîtrait pas le télégraphe.

On accompagne les deux pélerins jusqu'au bac d'Asnières, et on leur fait promettre qu'ils donneront incessamment de leurs nouvelles.

En revenant à la maison, Saint-Géran disait à ses enfans : que je plains ce pauvre M. de Maisonterne ! La manie de se singulariser lui fait gâter quelque talent véritable, et les apôtres du faux goût par leurs louanges niaises, l'empêchent de revenir sur la bonne route. Ils en font le fondateur d'une nouvelle école qui malheureusement n'a que trop de disciples, et qui perdra la littérature en France, si quelque génie supérieur ne nous rend pas le goût des bons modèles.

M 3

Quelques jours après l'oncle de Belval lui écrit que Bélise de Mascarillis va publier un ouvrage pour démasquer l'ame séditieuse de l'auteur de Télémaque, de ce libelle impie où Fénélon, *dans un style barbare*, a osé vouer au mépris les hypocrites et les tyrans. Il ajoute que Maisonterne est sur le point de mettre au jour une grande dissertation pour prouver comme Desmarets St.-Sorlin (1), que Homère, Virgile, Horace et Ovide n'ont point connu la véritable poésie, parce qu'ils n'étaient point éclairés par la véritable religion, et qu'ils n'avaient étudié ni les prophêtes, ni l'apocalypse.

Le bon curé termine sa lettre,

---

(1) Auteur du poëme de Clovis.

par assurer que ces deux ouvrages
feront faire un grand pas à la littérature : pour augmenter, dit-il,
le nombre des idées sublimes et pro-
fondes que leur fournira leur pro-
pre génie, les deux pélerins se pro-
posent de consulter dans les maisons consacrées à l'hygienne céré-
brale, les beaux esprits qu'inspire
la déesse Moria. Ils doivent com-
mencer par Charenton, où sans
doute pour leur intérêt et pour le
nôtre on les retiendra quelque temps.

FIN.

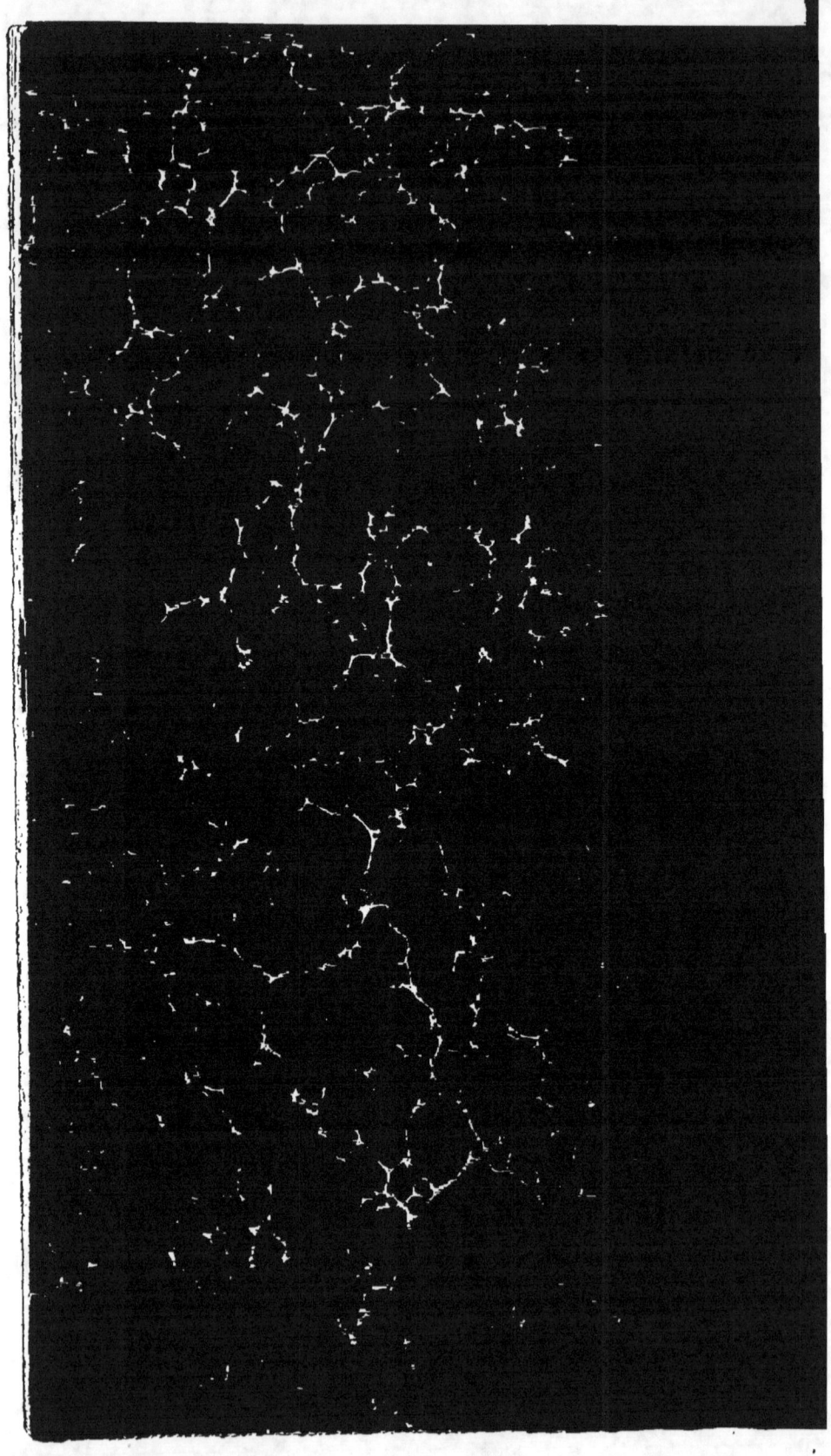

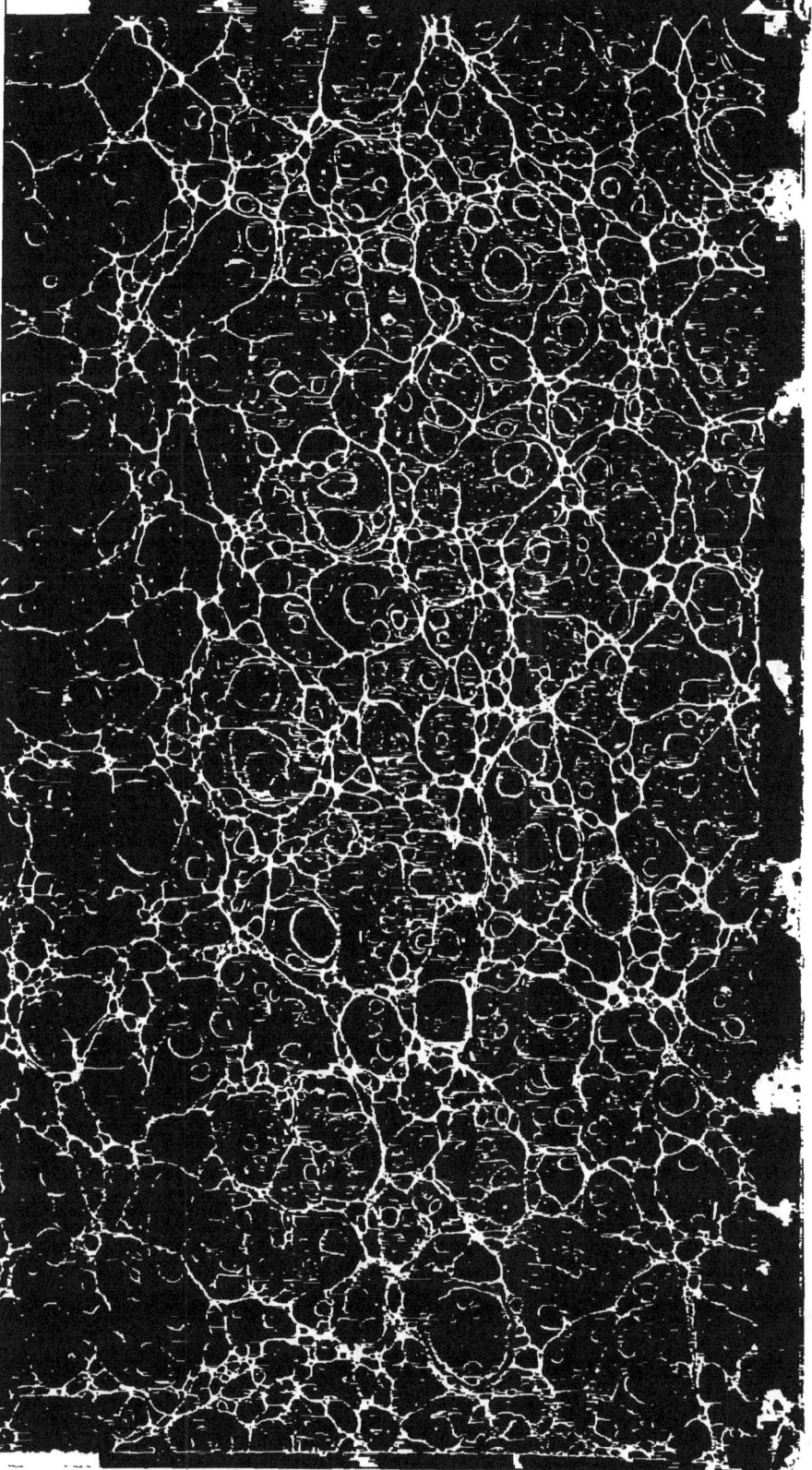